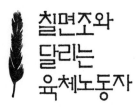

칠면조와
달리는
육체노동자

칠면조와 달리는 육체노동자

천명관
소설집

창비

차 례

봄, 사자（死者）의 서（書）

고귀하게 태어난 자여, 이제 죽음의 시간이구나! 비로소 육신을 벗어던진 영혼은 바람처럼 가볍게 하늘을 날아다닌다. 무엇이든 생전 마음에 와닿는 일 드물었으나 마침내 자유로운 영혼은 활짝 열린 하늘처럼 모든 것을 품어 안는다. 아무것도 부딪치는 법 없고, 아무것도 거스르는 일 없이 서로 섞이고 녹아들어 하늘 아래 펼쳐진 세상은 창세의 모습 그대로 넉넉하구나. 억겁의 세월, 한번도 궤도를 벗어난 적 없던 태양은 황도(黃道)를 따라 운행하다 천지를 모두 불사르듯 동쪽 하늘에서 세차게 타오르며 어둠속에 느른하게 잠들었던 만물을 하나씩 일으켜 세운다.

사내는 잔디밭에 누워 있다. 벗어 던진 구두 한짝이 발치에 나딩

굴고 이슬에 젖은 회색 양복은 잔뜩 구겨진 채 여기저기 짙은 풀물이 배어 있다. 밤새 까뭇하게 자라난 수염은 턱선을 따라 길게 이어져 깡마른 얼굴에 짙은 그늘을 드리우고 있다.

그는 이미 죽은 것인가? 무방비로 벌어진 입가엔 아직 토사물의 흔적이 남아 있고, 밤새 울었는지 찡그린 눈가엔 눈물 자국이 허옇게 남아 있다. 공원 너머, 도로를 질주하는 자동차 엔진소리는 점점 더 시끄러워지고 공원을 내리쬐는 햇볕은 더 넓게 퍼져나간다.

꿈틀, 소나무 아래 죽은 듯 누워 있던 사내가 부르르 몸을 떨며 목을 잔뜩 움츠린다. 말라붙은 입에선 알아들을 수 없는 신음소리도 새어나온다. 이때 붉게 물든 동쪽 하늘에 불덩어리 하나 불쑥 솟아오르면 구름의 꿈을 품은 안개가 바닥을 차고 서서히 비상하기 시작한다. 다시 하루가 시작된 것이다.

날카로운 햇빛은 사내의 눈꺼풀을 꿰뚫듯 내리쬔다. 악몽이라도 꾸었을까? 잠결에도 한사코 팔을 들어 해를 가리던 사내는 어느 순간 신음소리를 내며 몸을 벌떡 일으킨다.

여기가 어디지? 생경한 녹색의 풍경에 부딪힌 사내는 잠시 어리둥절한 표정이다. 하지만 곧 의식이 되돌아오자 잊고 있던 현실이 찾아온다. 짧은 망각 뒤에 더 억센 힘으로 옥죄어오는, 아무리 힘주어 밀어내봐야 단 일 밀리미터도 도망칠 수 없는! 매일 되풀이되는 절망과 아교처럼 들러붙은 무기력 앞에 그는 인상을 찌푸리며 고통스럽게 머리를 감싸쥔다. 그것은 연극배우의 상투적인 제스처가 아니다. 머리가 깨질 듯 아프기 때문이다. 금방이라도 토할 것처럼 속이 메슥거리고 누군가에게 밤새 두들겨 맞은 듯 온몸의 뼈마디가 욱신거린다. 토할 수 있다면 모두 토해내 보여줄 수도 있다. 하지만 간밤의 어느 골목, 어느 가로등 밑에서인지 여러번 질펀하게 토해내 더이상 보여줄 게 없다. 몇번의 헛구역질 끝에 그는 눈물이 그렁그렁한 눈으로 노간주나무 위에서 시끄럽게 지저귀는 참새들을 노려본다. 그래서 새들이 잠시 울음을 멈추었을까? 봄볕이 내리비치는 공원은 생명의 조화로 가득 차 있지만 새들은 결코 그의 고통을 이해하지 못한다. 오히려 그를 비웃듯 나뭇가지를 옮겨가며 더욱 시끄럽게 지저귄다.

짹짹!

사내는 발치에 나뒹구는 구두를 겨우 꿰어신고 비척비척 잔디밭을 가로질러 걸어간다. 검은색 레깅스를 입은 남자가 산책로를 따라 뛰어간다. 짧은 다리로 어기적거리며 달리는 희극적 풍경에도 그는 웃지 못한다. 웃을 힘조차 남아 있지 않다. 그는 공원을 빠져나가는 길을 찾기 위해 고개를 두리번거리며 자신이 간밤에 어쩌다 공원에 들어오게 되었는지 기억을 되살려보려 애쓰지만 숙취로 흐리멍덩해진 머릿속에선 아무 생각도 떠오르지 않는다.

몇발짝이나 걸었을까? 다리에 힘이 풀리고 다시 위장이 뒤틀린다. 식도를 타고 올라오는 구역질을 참느라 얼굴은 잔뜩 일그러진다. 그는 연산홍이 만발해 있는 산책로를 따라 걷다 가까운 벤치에 털썩 주저앉아 습관처럼 주머니를 뒤적거려 담배를 찾는다. 손엔 아무것도 잡히지 않는다.

이런!

당황한 사내는 양복에 달려 있는 모든 주머니에 손을 넣어보지만 일회용 라이터만 잡힐 뿐이다.

빨리 공원을 빠져나가 진한 커피를 한잔 마시고 담배를 피워야겠다는 욕망이 간절하다. 수십년간 영혼을 사로잡힌, 숱한 슬픔과 바꾸어낸, 쌉쌀하고 치명적인!

새들은 요란하게 지저귀고 사내는 벤치에 기대앉아 빈 라이터만 찰칵거린다. 그의 눈길은 산책로를 따라 운동하는 사람들의 뒤를 무심코 좇다 방금 물감을 짜낸 듯 선명한 연분홍 철쭉에 잠시 머문다. 봄날, 생명의 약동으로 소란스러운 공원은 섹시한 기운으로 가득하다. 그의 눈엔 그것이 잡지광고의 한 장면처럼 현실감이 없어 보인다. 그렇다면 현실은? 술에 찌든 몸과 담배 한갑 없는 빈 호주머니? 어디서든 폭신한 이불을 덮고 한숨 자고 싶다. 따뜻한 물에 목욕도 하고 깔끔하게 면도도 하고 싶다. 진한 설렁탕도 한그릇 먹고 싶다. 하지만 무엇보다도 먼저 담배를 피우고 싶다. 그는 여전히 빈 라이터를 찰칵거린다.

얼마나 버틸 수 있을까? 사내는 자신의 몸이 점점 더 쇠약해지는 것을 느낀다. 이때, 운동복을 입은 한 여자가 단단한 엉덩이를 실룩이며 그의 앞을 달려간다. 절망과 관능이 뒤섞인, 찬연한 봄날이다.

사내는 고통스럽게 몸을 일으킨다. 아무 데도 갈 데가 없지만 공원은 그에게 어울리는 곳이 아니다. 초췌한 몰골에 구겨진 양복, 어차피 섹시하지 않은 것들은 모두 사라지게 되어 있다. 그는 산책로를 따라 천천히 걸음을 옮긴다. 따뜻한 봄햇살이 지친 그의 등에 부드럽게 내려앉는다. 이윽고 서쪽에서 바람이 불어온다. 바람은 듬성듬성 새치가 섞인 그의 축축한 머리를 스쳐간다. 속이 가라앉으며 몸도 조금 가벼워진 기분이다. 그러다 어느 순간, 한줄기 바람이 불어오고 그는 가볍게 허공으로 떠오른다.

어어!

당황한 사내는 손에 들고 있던 라이터를 떨어뜨린다. 내 라이터! 황급히 손을 뻗어보지만 라이터는 이미 땅 위에 떨어지고 깡마른 몸뚱이는 소나무 꼭대기를 지나 하늘을 향해 날아오르고 있다. 현기증에 눈을 질끈 감는다. 하지만 곧 허공을 유영하듯 바람을 타고 둥실둥실 떠오르는 기분이 나쁘지만은 않다. 천근만근 무겁던 몸이 민들레 꽃씨처럼 가벼워진 느낌이다. 두려움이 조금 가시자 그는 눈을 뜨고 이륙하는 비행기에서 지상을 바라보듯 공원의 풍경을 내려다본다. 공원의 색채는 조감도를 그려놓은 듯 선명하고 산책로를 따라 조깅하는 사람들의 크기가 점점 더 작아진다. 문득 메슥거리던 속이 편해지며 지끈거리던 두통도 사라진다. 아니, 그 어떤 감각도 느낄 수 없다. 담배를 피우고 싶은 간절한 욕망도, 푹 자고 싶다는 바람도, 따뜻한 목욕물과 설렁탕, 모두 감쪽같이 사라진다. 낮게 떠 있는 뭉게구름이 시야를 가릴 때면 눈 아래 풍경이 나타났다 사라지곤 한다. 바람을 따라 천천히 이동하는 동안 그는 생각한다.

나는 아직 살아 있는 것인가? 그렇다면 왜 아무 감각도 없는 거지?

*

어디선가 희미하게 피아노 소리가 들린다. 어설픈 듯 조심스러운 소리는 끊길 듯 이어지며 사내의 잠 속으로 날아든다. 아마도 딸애가 학교에서 돌아온 모양이다. 요즘 들어 사내는 잠을 제대로 이루지 못한다. 대신 낮에 거실 소파에서 잠깐씩 눈을 붙이는 게 습관이 되었다. 아내는 대형마트에서 아르바이트를 하다 밤늦게야 집으로 돌아온다. 점점 더 야위어가는 그녀의 얼굴은 늘 시멘트벽 돌처럼 딱딱하게 굳어 있다. 대화가 끊긴 지도 오래되었다. 아무도 모르는 새에 그의 집엔 커다란 구멍이 생겼지만 차마 그 안을 들여다볼 용기가 없다. 구멍 안은 컴컴한 어둠에 잠겨 있고 피에 굶주린 악령들이 기회를 엿보고 있다. 사내는 구멍이 점점 더 입을 크게 벌려 그의 가족을 모두 집어삼키게 될까봐 두렵다. 하지만 거실 소파에 누워 잠든 봄날 오후, 희미하게 들려오는 딸애의 피아노 소리는 불완전하고 깨어지기 쉬운 세상을 단단한 것으로 만들어준다.

아빠?

누군가 사내의 어깨를 흔든다. 눈을 뜨니 교복을 입은 딸이 가방을 메고 천사처럼 서 있다. 잠결에도 그의 얼굴엔 저절로 미소가 번진다.

어, 학원 가니?

응, 근데 우리 이사 가?

누가…… 그래?

엄마가.

그래, 아마 그럴 거야.

사내는 자신 없는 목소리로 얼버무린다. 집을 내놓은 건 한달 전의 일이다. 알량한 스물네평 아파트 한칸 지키기도 어려운 상황이다.

어디로?

아직 몰라.

나 전학 가기 싫은데……

딸은 입을 삐죽 내민다. 아이의 교복치마는 무릎 위로 한참 올라가 허벅지가 드러나 있다. 그것도 나름대로 유행인 모양이다.

그런데 치마를 꼭 그렇게 짧게 입어야 되니? 아직 쌀쌀한데 감기 걸리려고……

사내는 말끝을 흐리며 무심코 담배를 찾다 자신이 담배를 끊었다는 사실을 새삼 깨닫는다.

이따 데리러 올 거야?

그럴게.

알았어. 그럼 이따 봐, 아빠.

딸애가 통통거리며 신발을 신고 밖으로 나가자, 사내는 다시 자리에 누워 눈을 감는다. 딸은 아직 집 안에 생긴 구멍을 눈치채지 못하고 있다. 하지만 언제까지 그 구멍을 감출 수 있을까? 잠결에도 담배 생각이 간절하다. 그는 빈 입맛을 다시며 다시 잠에 빠져든다.

*

축축한 물비린내가 코에 감겨든다. 사내는 눈을 뜬다. 물안개에 뒤덮인 저수지가 눈앞에 고요히 펼쳐져 있고 하늘엔 거짓말처럼 커다란 달이 둥실 떠 있다. 지금은 과거인가, 미래인가? 중음(中陰)의 시간은 제멋대로 흐른다. 나중 된 것이 먼저 오고 먼저 온 것이 나중 되는 궤설의 시간이다. 의식은 여전히 또렷하지만 몸은 춥고 마음은 쓸쓸하다. 그는 둥근 달이 떠 있는 저수지를 물끄러미 바라본다. 담배를 피우고 싶다. 주머니에 손을 넣어보지만 여전히 빈손이다.

그런데 물 위에서 빛나는 저 작은 물체는 뭐지? 물 가까이 고개를 내밀어보니 야광찌 한개가 물결에 흔들리고 있다. 그러고 보니 그의 발치엔 낚싯대가 하나 놓여 있다. 비로소 그는 자신이 낚시터에 와 있음을 깨닫고 헛헛한 미소를 짓는다.

낚시를 다니기 시작한 것은 몇해 전부터였다. 동행도 없이 언제나 혼자였다. 물고기를 잡는 것엔 별 관심이 없었다. 그저 물가에 홀로 앉아 어둠속에서 빛나는 야광찌를 하염없이 바라보는 게 좋았다. 축축한 밤의 공기와 그 속에서 피우는 담배맛도 좋았다. 비가 오는 날이면 우산을 쓰고 앉아 물 위에 작은 동심원을 그리며 사라지는 빗방울을 바라보는 기분도 근사했고 우산에 부딪히는 빗소리와 그 아래에서 마시는 소주 한잔의 맛도 좋았다. 난파된 배에 실려 한없이 낮은 곳으로 내려가는 기분, 기나긴 항해 끝에 찾아온, 고요하고 묵직한 밑바닥의 평화……

저수지 가장자리엔 드문드문 연꽃이 피어 있다. 진흙탕이 너무 깊어 꽃도 피우지 못한 채 썩어 악취를 풍기는 그의 생을 비웃기라도 하듯 흰 연꽃은 달빛 아래 눈부시다. 구천을 떠돌던 영혼은 이제 눈물 나는 속계를 떠나 마침내 정토(淨土)에 들어선 것인가?

깜박, 순식간에 야광찌가 물속에 잠겨 사라진다. 사내는 동물적인 본능으로 낚싯대를 잡아챈다. 타이밍이 나쁘지 않다. 낚싯줄 저편으로부터 전해져오는 생명의 신호! 절박하게 퍼덕이며 탈출의 몸부림으로 꿈틀댄다. 서두를 필요는 없다. 날카로운 미늘은 이미 녀석의 주둥이에 단단히 박혀 있을 것이다. 그는 낚싯대를 조심스럽게 움직이며 조금씩 밖으로 끌어낸다.

푸드덕!

드디어 물고기가 몸체를 드러낸다. 팔뚝만 한 황금잉어다. 사내는 잠시 실랑이를 벌이다 마침내 잉어를 손으로 잡아올린다. 씨알이 제법 굵어 잉어의 두툼한 몸통은 매끄럽고 단단한 비늘로 덮여 있다. 사내는 뻐끔거리는 잉어의 작은 입을 들여다본다. 물고기는 고통을 느끼지 못한다는데 그게 사실일까?

푸드덕, 잉어가 몸을 뒤치자 생경한 이물감에 놀란 사내는 잉어를 손에서 떨어뜨린다. 물속을 헤엄쳐 쏜살같이 사라지는 잉어……

어디선가 바람이 불어와 물결이 크게 일렁인다. 저수지 가장자리에 핀 부들과 커다란 연잎이 물결을 따라 흔들리고 뒷산에선 나뭇잎 서걱대는 소리가 요란하다. 여기는 분노한 신들의 바르도인가? 거센 바람과 함께 저수지 일대가 어둠에 잠긴다. 천지를 분간할 수 없다. 서늘한 기운이 순식간에 온몸을 감싼다. 불꽃에 감싸여 피를 마시는 악령들의 들끓는 소리에 사내의 심장이 오그라든다. 비명을 지르려 하지만 입에 재갈을 물린 듯 아무 소리도 흘러나오지 않는다.

수초가 물결에 일렁이고 작은 물고기들이 쏜살같이 달아난다. 가까스로 밝아진 시야에 사내는 자신이 어디에 와 있는지를 깨닫는다. 그곳은 다름 아닌 저수지, 깊은 물속이다. 물속은 어둡지만 시야는 더욱 넓어져 하늘에 떠 있는 이지러진 달과 저수지 바닥에서 노니는 남생이를 동시에 볼 수 있다.

어떻게 된 거지? 내가 잉어로 다시 태어난 건가? 사내는 자신의 몸을 보려 하지만 고개를 돌릴 수 없다. 아뿔싸! 이건 악몽이다. 황망한 기분에 이리저리 몸을 뒤채자 흙탕물이 일어나 눈앞을 가린다. 그는 미친 듯이 꼬리를 움직여 순식간에 기슭에 다다른다. 난데없는 소란에 놀란 개구리들이 펄쩍, 뭍으로 달아난다. 하지만 사내는 저수지를 벗어날 수 없다. 눈앞이 캄캄하다. 좁은 저수지 안에서 어떻게 평생을 견뎌야 할지! 재수없으면 자신보다 더 큰 물고기의 한끼 식사가 될 수도 있고 주말 낚시꾼의 한순간 즐거움을 위해 목숨을 내어줄 수도 있다. 나는 아직 염마(閻魔)도 만나지 못했다. 그런데 무슨 생각으로 나를 잉어로 환생케 했는지, 이유라도 묻고 싶다. 저승의 강을 지키는 뱃사공 카론이여! 나를 건네줄 배는 어디 있느냐?

사내는 목 놓아 울어보지만 가슴만 먹먹해질 뿐 끔벅이는 작은 입에선 아무런 소리도 나오지 않는다.

*

으아!

사내는 비명을 지르며 잠에서 깨어난다. 온몸이 땀에 젖어 축축하지만 여전히 등골이 서늘하다.

왜 그래?

옆에서 잠을 자던 아내가 잠이 덜 깬 목소리로 묻는다.

악몽을 꾸었어.

무슨 꿈?

내가 잉어로 변해서 물속을 헤엄쳐다니는 꿈.

쳇, 그렇게도 낚시를 좋아하더니…… 그래, 물고기가 된 기분이 어땠어?

어둡고 무서웠어. 답답하고……

사내는 겁에 질린 어린애처럼 양손으로 무릎을 감싼다.

무섭긴 뭐가 무서워. 나도 물고기처럼 내 멋대로 한번 돌아다녀 봤으면 좋겠네.

아내는 건성으로 응대하며 몸을 반대편으로 뒤집는데 어디가 아픈지 끙, 하며 신음소리를 낸다. 그녀의 단단하던 뼈에도 이제 조금씩 구멍이 나기 시작한 모양이다. 그녀는 곧 흐벅진 엉덩이를 허옇게 드러낸 채 고른 숨소리를 내며 다시 잠든다. 어둠속에서 그는 여전히 깍지 낀 손으로 무릎을 감싸쥐고 있다.

생각해보면 물고기가 되는 것도 나쁘지 않다. 물속은 자유롭고 편안하다. 매연을 맡아가며 지상에서 아옹다옹 사는 것보다 못할 것도 없다. 물속을 투과한 달빛은 검은 진흙으로 뒤덮인 저수지 밑바닥을 내리비추고, 사내의 눈앞엔 검푸른 수초가 어른거린다.

*

빵빵!

뒤에서 경적이 울린다. 사내는 퍼뜩 눈을 뜬다. 자동차가 멈춰 서 있는 동안 깜박 존 모양이다. 앞차의 꽁무니가 십여 미터쯤 앞으로 달아나 있어 허겁지겁 액셀러레이터를 밟는다. 하지만 그뿐이다. 차들은 더이상 진행하지 못하고 일제히 브레이크등을 밝히며 멈춰 선다. 모든 아침이 그렇듯 도로는 어느새 주차장으로 변해 있지만 그 순간에도 어디선가 자동차들은 갓 부화한 바퀴벌레들처럼 꾸역꾸역 기어나오고 있다. 그는 아침햇살을 마주하고 도시로 밀려드는 자동차 행렬에서 늘 알 수 없는 슬픔을 느낀다. 끊임없이 밀려오고 밀려가는, 자기 몸무게의 스무배가 넘는 쇳덩어리를 힘겹게 끌고 가는, 정체도 모르는 공포에 영혼을 빼앗긴 좀비들의 거대한 행렬!

　사내는 액셀러레이터에서 발을 떼고 담배를 찾는다. 하지만 담뱃갑은 텅 비어 있다. 젠장! 그는 글러브박스를 샅샅이 뒤져보고 나서야 마침내 차 안에 한개비의 담배도 남아 있지 않다는 사실을 고통스럽게 확인한다. 입안은 텁텁하고 머리는 지끈거린다. 갑갑한 마음에 그는 창문을 내린다. 길가에 조성된 화단엔 사피니아가 요란하게 피어 있지만 운전자들은 아무도 화단에 눈길을 주지 않는다. 차들은 아예 도로에 붙박인 듯 움직일 기미가 없고 라디오에선 신나는 유행가가 흘러나온다. 소녀들이 악을 쓰며 노골적인 가사를 내뱉는다. 그 나이답게 노래는 격렬하고 빠르다. 사내는 이제 울지도 않고 웃지도 않는다. 사랑을 믿지도 않는다. 꿈을 잃어버린 지도 오래다. 댄스곡이 끝나고 조용한 발라드가 흘러나오자 심장박

동이 점차 느려진다. 창밖에서 한줄기 바람이 불어온다. 따뜻하고 막막한 봄날 아침, 밀려오는 졸음에 눈꺼풀이 한없이 무거워진다.

다시 눈을 뜨자 거짓말처럼 도로가 뻥 뚫려 있다. 사내는 언제나 부서져라 힘차게 밟고 싶었던, 액셀러레이터를 힘껏 밟는다. 부앙! 거친 엔진소리와 함께 자동차가 힘차게 달려나간다. 도로엔 단 한 대의 자동차도 눈에 띄지 않는다. 도시를 빠져나온 듯 아파트나 빌딩도 보이지 않는다.

어떻게 된 거지? 눈 깜짝할 사이에 속도계는 이백 킬로미터를 넘어선다. 하지만 그는 조금의 속도감도 느끼지 못한다. 언제부턴가 라디오에서 흘러나오던 노랫소리도 멈추고 귓가엔 바람소리조차 들리지 않는다. 자동차는 엄청난 속도로 전진하고 있지만 마치 성간우주를 유영하듯 지면에선 아무런 저항이 없다. 자동차가 도로를 질주하는 동안, 그의 마음은 어느새 뜨거운 오븐 안의 치즈처럼 부드럽게 녹아 있다.

나른한 눈으로 주위를 돌아보니 엄청난 속도에도 불구하고 길가의 모든 풍경과 움직임이 하나도 빠짐없이 그의 눈에 들어온다. 꽃을 찾아 화단 위를 붕붕 날아다니는 꿀벌의 날갯짓과 바람에 하늘거리는 억새풀의 흔들림, 도로변에 서 있는 표지판의 글씨들……

그는 차에서 내리지 않고 이대로 어디론가, 내히 이러 바라래 가듯이, 한없이 흘러가고 싶은 기분이 든다. 그렇게 너른 바다에 이르러 둥실둥실 떠다닐 수 있다면, 거대한 참치는 아니더라도, 등 푸른 고등어는 아니더라도, 겨우 멸치라도 되어, 이왕이면 씨알 굵은 멸치가 되어, 단 하루라도 마음껏 헤엄쳐다닐 수 있다면! 그렇게 망망대해 헤엄치다 지쳐, 얼굴 검게 그을린 어부의 질긴 그물에 걸려, 어기영차, 어부들 그물 터는 소리에 내장과 함께 가슴에 맺힌 한 모두 털려, 끓는 소금물에 후줄근한 육신 깨끗하게 삶아져, 무자비한 햇빛에 은빛 비늘 반짝이며, 그렇게 한 며칠 바짝 말려져, 고소한 기름에 달달 볶여, 뜨거운 프라이팬 위를 이리저리 뒤치이다, 한 젓가락 밥반찬이 되어, 한 아이의 앙증맞은 어금니에 아작아작 씹혀, 그렇게 누군가의 뼈가 되었으면, 그렇게 누군가의 손톱이 되고 머리카락이 되었으면!

사내는 운전대에서 손을 놓은 채 담배연기처럼 뭉실뭉실 떠가는 붉은 구름을 올려다본다. 어느덧 지평선 저 멀리엔 노을이 지고 사위는 더없이 고요하다.

그런데 이 차는 어디를 향해 가고 있는 거지? 오시리스의 심판대?

*

사내의 영혼은 중유(中有)를 떠돌다 술 취한 뒷골목, 왁자한 선술집에서 다시 깨어난다. 뿌연 담배연기 사이로 벌겋게 취한 얼굴들이 보인다. 좀비들이 깨어나는 시간이다. 다들 매운 음식과 독한 술로 잠시 빼앗긴 영혼을 되찾아온다.

그날은 누군가 해고통지를 받은 날이다. 동료들은 불운이 자신들을 비껴간 데에 대한 안도감을 애써 감추며 해고된 직원의 어깨를 두드린다.

걱정 마. 다 잘될 거야.

하지만 그들은 이미 잘될 가능성이 거의 없다는 것을 누구보다 잘 알고 있다. 해고된 사내는 아마도 보험회사나 건강보조식품, 또는 연료절감제를 판매하는 회사에 다시 취직할 것이다. 그리고 옛 동료들을 찾아다니며 굴욕감을 애써 감춘 채 호의를 구걸할 것이다. 한두번이야 도와줄 수 있지만 그들의 우정은 거기까지다. 그나마 안면이 있는 사람들을 한번 거치고 나면 더이상 갈 곳조차 없다. 결국 그는 찜질방이나 경마장, 공원 등지를 배회하며 빠르게 몰락해갈 것이다.

사내는 취한 눈으로 술집 안을 둘러본다. 업무가 끝난 뒤에 늘 일과처럼 찾던 장소지만 그의 눈엔 모든 게 낯설다. 카운터에서 돈을 받는 여주인의 얼굴도 낯설고 동료들의 얼굴도 낯설다. 회사를 십년 넘게 다니는 동안 언제나 아슬아슬한 기분이었고 언제나 일탈을 꿈꿨지만 한번도 대열에서 벗어나본 적이 없었다. 그런데 왜? 그는 자신이 뭘 잘못했는지, 그리고 뭐가 잘못된 건지 알고 싶지만 그걸 누구에게 물어봐야 할지 알지 못한다. 그래서 그는 말없이 소주잔을 든다.

사내가 단숨에 잔을 비우고 고개를 들었을 때, 뜻밖에도 맞은편

의자엔 낯선 중늙은이 한명이 앉아 있다. 한눈에도 행색이 추레해 보이는 남자는 공사장 인부들이 쓰는 작업모를 눌러쓰고 있다.

누구지? 사내는 취한 눈으로 앞에 앉은 남자를 자세히 살펴보다 놀라 눈을 크게 뜬다. 맞은편에 앉아 있는 이는 다름 아닌 그의 아버지다. 오래전 간암으로 세상을 떠났지만 검게 그을린 얼굴에 깊게 팬 주름이 생전의 모습 그대로다. 주위를 둘러보니 그의 동료들은 보이지 않는다. 아니, 그의 동료들뿐 아니라 손님들도 모두 사라져 텅 빈 술집엔 그와 그의 아버지, 단둘만이 남아 있다. 아버지는 담담한 미소를 띤 채 편안하게 앉아 담배를 피우고 있다.

생전에 아버지와 마주 앉아 술 한번 마신 적이 없었는데,라고 생각하며 사내는 아버지 앞에 놓인 잔에 공손히 술을 따른다. 아버지는 말없이 술잔을 받아 단숨에 입에 털어넣고 안주도 집지 않은 채, 담배만 한모금 길게 빨아 연기를 내뱉는다. 사내의 눈길이 자신도 모르게 앞에 놓인 담뱃갑에 머물자 아버지는 선선히 담배를 한개비 꺼내 그에게 건넨다.

아니, 괜찮습니다.

사내는 황급히 손사래를 치며 사양한다.

괜찮아, 이 녀석아.

저, 괜찮다니까요.

사내는 다시 사양을 하지만 아버지는 손을 물리지 않는다.

글쎄, 괜찮다니까.

두사람은 서로 괜찮다는 말을 주고받으며 실랑이를 벌인다. 생전에 엄격하기 그지없던 아버지지만 이 순간은 더없이 부드럽고 온화하다. 사내는 끝내 아버지의 고집을 이기지 못하고 담배를 받아든다. 담배를 건네는 아버지의 손엔 굵은 마디가 거칠게 툭툭 튀어나와 있고 일을 하다 사고를 당한 검지 하나는 마지막 한마디만 겨우 남아 있다. 손톱도 없이 뭉툭하게 아물어 다시 굳은살이 박인 손가락을 볼 때마다 사내는 가슴이 먹먹해진다. 그는 자신의 희고 멀쩡한 손이 미안해 재빨리 담배를 받아 고개를 옆으로 돌리고 불을 붙인다. 연기가 폐에 가득 들어차자 가슴이 뻐근해진다.

부자는 텅 빈 술집에 단둘이 남아 묵묵히 술을 마시고 있다. 아들은 자꾸 아버지를 힐끔거리며 쳐다보고 아버지는 주름 깊은 눈으로 아들을 건너다본다. 아버지에게 뭔가 묻고 싶지만 아무런 말도 떠오르지 않는다. 그저 자꾸만 목이 메고 가슴이 갑갑해온다. 생각 같아선 아버지 앞에 엎디어 엉엉 소리 내어 울고 싶지만 그도 이젠 머리가 희끗해져가는 나이다. 아무 데서나 울 수는 없는 노릇이다. 아버지도 별말 없이 묵묵히 소주잔을 비워낸다.

아버지……

이윽고 담배를 피우던 그가 조심스럽게 아버지를 불러본다.

왜?

아버지가 온화한 목소리로 대답한다. 하지만 그는 딱히 할 말이 없다.

어떠세요?

뭐가, 이놈아?

그냥요.

그는 자꾸만 목이 멘다.

그냥 뭐?

그냥…… 지낼 만하시냐고요.

담배를 한모금 길게 빨아들인 후 아버지가 피식 웃으며 대답한다.

어디든 별다를 게 있겠니. 다 그렇지, 뭐.

*

어디선가 희미하게 울음소리가 들린다. 차마 입 밖으로 소리 내어 울지 못하고 애써 목구멍 안으로 삼키며 흐느끼는 애절한 울음이다. 환청인가? 사내는 눈을 뜬다. 넓은 방안이다. 검은 양복을 입은 사내들이 서너명씩 상에 둘러앉아 술을 마시고 있다. 여기는 어느 회식자리의 뒤끝일까? 상 위엔 먹다 남은 홍어회와 눌린 돼지머리, 소주병이 어지럽게 흩어져 있다. 어딘가 익숙한 풍경이다. 사내는 무거운 공기 중에 떠다니는 희미한 향냄새를 감지한다. 어느 상갓집에 문상을 왔다 술에 취해 상 밑에서 깜박 잠이 든 모양이다. 밤늦은 시간인 듯 한무리의 문상객이 자리를 뜨자 겨우 예닐곱명만이 영안실에 남아 자리를 지킨다.

근데 왜 이렇게 춥지? 사내는 오슬오슬한 한기에 상 위에 놓여 있는 소주잔을 들어 단숨에 비운다. 배 속이 금세 뜨뜻해지며 한기가 조금 가신다. 그는 겨우 정신을 차리고 아는 사람이 없는지 식장 안을 둘러보다 사람들 틈에 끼어 있는 대학 동창을 한명 발견한다.

저 친구도 이젠 맛이 갔구먼. 머리가 다 빠진 저 후줄근한 꼬락서니하고는……

동창을 향해 웃으며 손을 들어 보이지만 상대는 자신을 알아보지 못한다. 사내는 자리에서 일어나 동창을 향해 다가가려다 분향실 입구에 상복을 입고 서 있는 아내를 발견한다.

도대체 무슨 일이지? 사내는 비척거리며 분향실 쪽으로 걸어간다. 돌처럼 딱딱하게 굳은 아내의 얼굴은 노랗게 질려 있고 눈꺼풀이 벌에 쏘인 것처럼 통통 부어 있다. 금방이라도 무너져내릴 것처럼 힘겨운 표정이다. 그는 아내를 향해 다가가다 문득 분향실 안을 들여다본다. 도대체 누가 죽은 걸까? 자석에 끌리듯 향냄새 가득한 분향실로 들어서자 하얀 국화꽃 앞, 죽은 이의 영정이 눈에 들어온다. 역시 낯이 익은 얼굴이다. 저 사진 속의 남자는 아버지인가? 아버지는 돌아가신 지 벌써 십년이 넘었는데……

순간, 사내의 동공이 크게 열린다. 그리고 등허리가 쭈뼛하는 섬뜩한 전율과 함께 자신도 모르게 입에서 비명이 터져나온다. 영정 속 얼굴은 바로 사내 자신이다.

한무리의 문상객이 분향실로 들어선다. 그가 마지막으로 다녔던 회사의 동료들이다. 하나같이 침통한 표정으로 절을 한다. 한번, 두번, 그리고 허리를 숙여 반절…… 이 작자들이 도대체 뭐하는 짓들이지? 엄청난 혼란에 그는 풀썩, 바닥에 주저앉는다.

일행이 몰려나가자 향내 자욱한 분향실 안엔 사내와 그의 영정만 남는다. 오래된 사진인 듯 영정 속 사내는 아직 머리카락이 빳빳하고 눈동자가 또렷하다. 하지만 그것은 한때의 환영일 뿐 그의 혼백이 돌아갈 수 있는 육신이 아니다. 사내는 거울을 들여다보듯 사진 속 자신의 모습을 응시하다 문득, 분향실 옆 작은 쪽방에서 잠들어 있는 어린 딸을 발견한다. 검은 상복을 입은 채 지쳐 잠든 딸의 얼굴엔 눈물 자국이 얼룩져 있다. 내 생의 증거, 나의 피, 나의 카르마여! 나는 차마 팔을 들어 그대를 안을 수 없구나.

사내는 한없는 비탄을 견디지 못하고 분향실을 뛰쳐나온다. 사람들 곁을 스쳐 밖으로 뛰어나가지만 아무도 그를 붙잡는 이가 없다. 그는 좁고 어두운 지하 영안실을 빠져나와 거리를 질주하기 시작한다.

사내의 영혼은 슬픔과 분노에 미쳐 날뛴다. 끝없는 공허와 허기를 견디지 못해 미친 듯이 빠르게 거리를 내달린다. 그가 다니던 회사 앞 버스정류장과 일과가 끝난 뒤에 자주 들렀던 술집 골목, 아내와 걸었던 고궁의 너른 마당을 질주한다. 마치 쥐약을 삼킨 개처럼 울부짖으며 자신을 아무 데고 내던진다. 빌딩 벽에 부딪치고 버스를 향해 돌진한다. 강시(殭屍)가 된 몸뚱이가 산산조각 나기를 바라면서, 바퀴 밑에 깔려 끔찍한 고통과 함께 육신이 흔적도 없이 사라지기를 바라면서 차들이 내달리는 도로를 질주하지만 이미 육신에서 놓여난 영혼은 아무런 흔적도, 아무런 고통도 없다. 영혼의 무게가 이십일 그램이라고 했던가? 빌딩들 사이에서 왜소하게 울부짖는 사내의 혼백은 부서지지 않고 더욱 단단하게 뭉쳐져 어둠 속에서 하얗게 빛난다.

*

기차역 대합실 안, 사내는 의자에 앉아 멍한 표정으로 텔레비전을 보고 있다. 대합실 의자 여기저기엔 노숙자들이 흩어져 잠들어 있다. 한 노숙자가 텔레비전 채널을 이리저리 돌리지만 사내의 의식은 이미 화면을 떠나 있다. 텔레비전 속엔 아무런 슬픔이 없다. 젊음과 섹시한 육체, 액션히어로와 해피엔드만 있을 뿐이다.

이제 나는 어떻게 되는 거지? 사내가 중유의 혼란 속에서 방황하는 동안 텔레비전에선 뉴스가 흘러나오고 있다. 화면은 공원의 풍경을 비추고 있다. 아직 꽃이 피지 않아 을씨년스러운 산책로와 누런 잔디밭…… 어딘가 눈에 익은 장면이다. 마이크를 든 젊은 여기자는 잔뜩 긴장한 얼굴로, 간밤에 동사한 오십대 남자는 삼년 전 실직한 이후 가족과 떨어져 혼자 고시원에서 생활해오던 중 술에 취해 공원에서 잠이 들었다 급격한 기온 하락으로 변을 당했다는 소식을 면접시험 보듯 또박또박 전한다. 사내는 화면에 나오는 산책로 옆 벤치에 시선을 멈춘다. 벤치 아래엔 일회용 라이터가 하나 떨어져 있다.

그래, 그렇게 된 거였군.

사내는 천천히 고개를 끄덕인다. 그리고 자리에서 일어나 대합실을 걸어나온다. 그가 의자를 비우자 노숙자 가운데 한명이 재빨리 그의 자리를 차지한다. 머리가 희끗한 사내 또래의 남자다. 노숙자 사내는 꺼질 듯 희미한 눈동자로 그를 건너다본다. 한없이 처량하고 공허한 눈빛이다. 죽어 중음을 떠도는 또하나의 슬픈 영혼! 사내가 밖으로 걸어나오자 역사 불빛에 만들어진 구부정한 그림자가 광장을 길게 가로지른다.

사내의 영혼은 이제 구만리장천을 날고 있다. 크고 억센 날개가 그의 깡마른 몸뚱이를 움켜쥐고 어디론가 날아간다. 흙에서 흙으로, 재에서 재로, 먼지에서 먼지로…… 명부(冥府)로 가는 길은 멀고도 멀다. 사내는 화석연료로 환하게 밝혀진 도시를 내려다본다. 거대한 빌딩 숲과 아파트단지, 그 사이로 난 도로들…… 가로등 불빛을 따라 도로는 또다른 도시를 향해 끝도 없이 길게 뻗어 있다. 사내는 서서히 지상으로 강하하며 모래알처럼 배 속을 가득 채운 슬픔과 고통스러운 섹스, 끝없는 허기와 어둠을 이불 삼아 잠들어 있는 도시를 내려다본다. 여기는 또다른 삼악도(三惡道), 억센 날개도, 단단한 비늘도 없이 알몸으로 건너야 하는 거대한 스틱스의 강물이다.

사위는 아직 어둠에 잠겨 있다. 사내는 잔디밭에 엎어져 잠든 한 남자를 내려다보고 있다. 그의 발치엔 구두가 한짝 벗어져 나뒹굴고 주름진 눈가엔 눈물 자국이 허옇게 남아 있다. 물끄러미 죽은 남자를 내려다보던 사내는 자신이 이미 명부로 떠났다는 사실을 명징하게 깨닫곤 암담한 슬픔이 목에 가득 차오른다.

어디서 나타났는지 언덕 저편에서 커다란 들개 한마리가 이편을 건너다보고 있다. 비루먹은 듯 듬성듬성 털이 빠져 갈비뼈가 앙상하게 드러난 지저분한 몰골이 잔디밭에 엎어져 죽은 남자를 닮아 있다. 들개는 날카로운 이빨을 드러내며 으르렁거리는데 퀭한 눈이 플래시 불빛처럼 어둠속에서 섬뜩하게 번뜩인다.

공원에 왜 난데없이 들개가 나타난 거지? 들개는 동이 터올 때까지 나무들 사이를 어슬렁거리며 좀처럼 자리를 떠나지 못하다 사위가 붉게 물들어 사물의 윤곽이 뚜렷해질 즈음 하늘을 향해 크게 한번 울부짖고는 어디론가 홀연히 사라진다. 사내는 들개가 어슬렁거리던 언덕을 바라본다. 저것은 저승을 지키는 사나운 개 케르베로스인가? 아니면 죽은 남자의 가엾은 영혼인가?

춘래불사춘(春來不似春)! 여기는 꽃도 피지 않는 오랑캐 땅이더냐. 불어오는 찬 바람에 누런 잔디는 힘없이 흔들리고 쓸쓸한 공원 어디에서도 생명의 기운을 찾을 수 없다.

아, 고귀하게 태어난 자여! 진리의 몸, 그 불가사의하고 무한한 빛은 이렇게 새벽안개 속에서 쓸쓸히 스러지는구나. 흙이 물속으로 가라앉고 물은 불 속으로 가라앉고 불은 공기 속으로 가라앉고 공기는 의식 속으로 가라앉는 죽음의 시간이다.

사내는 무릎 사이에 얼굴을 묻고 흐느낀다. 흉노의 땅에 끌려간 왕소군의 슬픔이 이러할까. 절절한 슬픔은 하늘에 닿고 어느 순간, 울고 있는 사내의 목덜미에 선뜻한 기운이 느껴진다. 고개를 들어 보니 때아닌 함박눈이 아카시아 꽃잎처럼 난분분(亂紛紛), 바람에 날려온다. 사내는 울음을 멈추고 때늦은 함박눈이 쏟아지는 하늘을 올려다본다. 솜처럼 부드러운 눈은 하염없이 떨어져 소나무 아래, 죽어 잠든 사내의 육신을 이불처럼 포근하게 덮어준다. 두려움과 공포와 무서움이 없는 빛의 길에서 붓다들과 평화와 분노의 신들이여, 나를 인도하소서.

옴마니밧메훔.

동
백
꽃

경숙이 동엽의 아이를 가졌다는 소문을 처음 들었을 때, 유자는 울었다. 앙큼한 년, 죽여버리고 싶었다. 내가 먼저 애를 뱄어야 했는데. 동엽 오빠랑 먼저 잔 것도 자신이었고 더 많이 잔 것도 자신이었다. 그런데 어쩌다 경숙이 년이 먼저 애를 가졌을까, 억울했다. 억울하고 원통해서 자꾸 눈물이 났다.

—으이구, 속없는 년. 그러게 내가 뭐라더냐? 그 집 씨가 원래 그러니까 조심하라고 하지 않더냐?

국수를 삶아 소반에 받쳐들고 온 점순은 이불을 뒤집어쓰고 우는 딸에게 지청구를 놓았다.

—거 무슨, 말린 박대 모양 삐쩍 마른 게 뭐가 좋다고 난리들인지 원, 쯧쯧쯧……

유자는 엄마의 혀 차는 소리에 볼멘소리로 앙탈을 부렸다.

—엄마가 뭘 안다고 그래? 아무것도 모르면서……

—모르긴 뭘 몰라, 이년아. 내가 구 회장 아들을 몰라서 그래?

타박을 하지만 복장이 터지기는 점순도 마찬가지였다.

고깃배를 몇 척 부리는 구 회장네는 섬에서도 손꼽히는 부자였
다. 만일 유자를 그 집 며느리로 들여앉히기만 한다면 딸 덕에 더
는 물질을 않고 편히 노후를 보낼 수도 있을 터, 평생 한데 나앉은
것처럼 사납기만 하던 운수가 말년에 한번 트일까 싶어 남몰래 은
근한 기대를 품었다. 그래서 유자가 구 회장 아들과 밤마다 동네사
람들 눈을 피해 으슥한 곳을 찾아다니는 걸 알고 있었지만 모른 척
눈감아주었다. 내심으론 덜컥, 애라도 들어섰으면 싶었다. 복어처
럼 불룩 나온 배를 앞세워 구 회장네 집으로 쳐들어가 동네가 떠들
썩하게 한바탕 난리굿을 치면 구 회장도 어쩔 수 없을 거라고 생각
했다. 그런데 유자가 자신을 닮아 밭이 시원찮은 걸까? 그녀도 시
집온 지 오년 만에 겨우 딸 하나를 얻었으니 애꿎은 유자 탓만 할
수도 없는 노릇이었다.

—그만 잊어버리고 어서 일어나 국수나 먹어라. 다 붇겠다.

점순은 조금 누그러진 음성으로 딸을 달래다 이불 밖으로 튀어
나온 안반만 한 엉덩이를 보자 다시 부아가 치밀었다. 저놈의 엉덩
이는 뭐에 쓰려고 저렇게 크기만 하단 말인가! 점순은 딸이 옆집

경숙이처럼 늘씬하게 커주기를 바랐지만 씨는 못 속인다고 유자는 짜리몽땅, 옆으로만 자라났다.

—휴, 푼수 없는 년. 몸뚱어리 함부로 굴리지 말라고 그렇게 일렀거늘……

후루룩, 국수를 먹으며 점순이 구시렁거리자, 유자는 발끈해서 이불을 홱 걷어치우고 일어나 살모사 모양으로 고개를 바짝 치켜들었다.

—엄마는 뭐가 그렇게 행실이 바르다고 자꾸 나한테만 뭐라고 그래?

눈물범벅이 된 유자의 얼굴은 따귀를 맞은 듯 벌겋게 부어 있었다.

—이년이 종로에서 뺨 맞고 한강 가서 눈 흘긴다더니 왜 에미한테 분풀이야, 분풀이가!

점순은 물론 종로에도 가본 적이 없고 한강에도 가본 적이 없다. 어디에 있는지조차 모른다. 그럼에도 그녀는 젊은 시절부터 그 말을 자주 입에 올렸다. 유자는 발딱 일어나 거칠게 문을 열고 밖으로 나가버렸다.

—으이구, 지겨워, 정말!

쿵쾅쿵쾅, 심통 난 발소리가 마루를 울리더니 곧이어 꼬꼬댁! 암탉이 자지러지는 소리가 들렸다. 유자가 신발을 찾아 신다 발치에서 얼쩡거리는 닭을 냅다 발로 내지른 거였다. 언젠가 동엽이 엄마에게 인사를 하러 오면 삶아줄 요량으로 정성껏 모이를 주어 키우고 있는 닭이었다.

　—저년이 실성했나. 왜 애꿎은 닭은 걷어차고 지랄이야, 지랄이!

　점순이 등 뒤에 대고 욕설을 퍼부었지만 유자는 그러거나 말거나 휑하니 치마를 날리며 집을 나섰다.

*

　유자는 홧김에 급하게 나오느라 속옷처럼 얇은 스웨터만 하나 달랑 걸치고 있어 걸음을 내디딜 때마다 봉긋한 젖가슴이 파도처럼 출렁거렸다. 아직 이른 봄이어서 바닷바람이 찼지만 열불이 난 얼굴에 닿는 바람은 오히려 시원하게 느껴졌다. 바닷가 언덕엔 동백꽃이 만발해 유자는 또 울었다. 이미자의 노래처럼 꽃잎은 빨갛게 멍이 들어 자신의 가슴에도 멍이 든 듯 울컥대며 자꾸만 눈물이 났기 때문이다. 동엽과 처음 정분을 나눈 곳도 다름 아닌 동백나무 아래에서였다.

　—너, 오빠 믿지?

　동엽의 뜨거운 입술이 목덜미를 마구 비벼댔다. 그때도 여전히 바람이 찼지만 숯덩이를 삼킨 듯 배꼽께가 뜨거워 추운 줄도 몰랐다. 그저 열에 달떠 동엽의 목을 힘껏 끌어안을 뿐이었다. 그 바람에 동엽의 몸뚱이와 겹쳐서 쓰러지며 한창 피어 퍼드러진 빨간 동백꽃 속으로 폭 파묻혀버렸다. 알싸한, 그리고 향긋한 그 냄새에 유자는 땅이 꺼지는 듯 온 정신이 고만 아찔하였다. 지난봄의 일이었다.

　동백꽃 핀 언덕 아래, 검푸른 바다가 무연하게 펼쳐져 있었다. 그
것은 섬 여자들의 운명을 가로막고 있는 삶의 경계였다. 멀리 포구
에선 통통배 한척이 긴 꼬리를 그리며 섬을 떠나가고 있었다. 유자
는 자신도 미구에 그렇게 섬을 떠나야 할지도 모른다는 예감이 들
었다. 섬에 남아 있다간 엄마처럼 남자도 없이 평생 물질이나 하며
늙어갈 게 뻔했다. 여자고 남자고 젊은 애들은 이미 오래전에 다들
뭍으로 나갔다. 그런데도 유자가 한사코 섬을 떠나지 않은 이유는
순전히 동엽 때문이었다.

　유자가 아는 한 동엽은 섬에서, 아니 세상에서 제일 근사한 남자
였다. 엄마는 동엽이 삐쩍 말랐다고 트집하지만 그건 잘 몰라서 하
는 소리다. 아귀처럼 대가리 크고 목소리만 큰 뱃놈들하고는 태생
부터 다르다. 하늘에 맹세코 그가 돈 많은 선주의 아들이라서 좋아
하는 건 절대 아니었다. 하지만 그러거나 말거나 이젠 다 틀려먹었
다. 한때는 동엽의 아내가 되어 아들딸 낳고 오손도손 선주 사모님
으로 화목하게 사는 삶을 꿈꾸었지만 그것은 이제 경숙의 차지가
될 게 뻔하다.

　여우 같은 년! 등잔 밑이 어둡다더니 바로 그 꼴이었다. 구렁이
같은 년! 믿는 도끼에 발등 찍힌다더니 또 그 꼴이었다. 경숙과 유
자는 섬에서 둘도 없는 단짝이었다. 그들이 서로 나누지 않은 얘기

가 있을까? 어릴 때부터 두사람은 한몸처럼 붙어다녔다. 지지배배, 종달새처럼 그녀들의 입에선 즐거운 수다가 끊기질 않았다. 그런데 경숙이 년에게 동엽 오빠를 보여준 게 잘못이었다. 거기엔 기실 오래된 경쟁의식도 작용했다. 사내들은 언제나 늘씬한 키에 어딘가 교태가 흐르는 경숙에게만 관심을 보였다. 위로 크는 대신 붙박이 키에 모로만 자라 엉덩이만 펑퍼짐한 유자에겐 눈길도 주질 않았다. 그런 유자에게 동엽처럼 멋진 남자가 생겼으니 자랑하고 싶은 것도 당연했다.

돌이켜 생각하면 참으로 순진하고 어리석은 짓이었다. 그날 경숙이 친구의 남자를 만나러 나오는데 왜 그렇게 짧은 치마를 입었는지, 다방에서 커피를 마시는 동안 길고 하얀 맨다리를 왜 그렇게 자주 꼬아댔는지, 그 시뻘건 구지베니를 왜 입술에 바르고 나왔는지 알아챘어야 했다. 나쁜 년! 욕이 절로 나왔다. 생각해보면 어릴 때부터 싹수가 그랬다. 자신은 콩 한쪽이라도 나눠 먹었지만 경숙이 년은 제집 마당에 있는 감나무에서 딴 홍시를 몰래 숨겨두고 겨우내 혼자만 처먹었다. 그런 년이었다.

처음에 동엽은 오해라며 오리발을 내밀었다. 둘도 없는 친구 사이인데 어떻게 그런 의심을 할 수 있느냐며 화도 냈다. 유자는 그 말을 진심으로 믿었다. 그것이 사랑이라고 생각했다. 경숙이 오리발을 내밀었을 때도 마찬가지였다. 그럼 그렇지, 설마 그럴 리가 있겠느냐며 마음을 가라앉혔다. 하지만 아니 땐 굴뚝에 연기 날 리 없다고, 애들 고무신짝만 한 섬에서 비밀을 지키는 건 불가능했다. 유자가 두사람의 밀회를 직접 목격해 소문이 사실로 밝혀지자 두 사람도 더는 부정하지 못했다.

동엽은 미안하다고, 그저 철없는 장난이었다고, 다시는 경숙을 만나지 않겠다고 약조했다. 경숙도 잘못했다고, 자신이 나쁜 년이 었다고, 다시는 동엽을 만나지 않겠다고 빌었다. 유자는 친구의 마음을 이해할 수 있었다. 쓸 만한 젊은 남자들이 다 떠난 섬에서 저도 오죽 외로웠을까 싶었다. 그래서 다 용서해주었다. 그것이 우정이라고 생각했다.

두사람의 밀회가 다시 들통 난 건 사달을 일으킨 지 한달도 채 지나지 않아서였다. 선착장 앞 여관에서 둘이 다정하게 손을 잡고 나오는 장면을 목격한 것이다. 그땐 경숙도 별로 미안해하는 기색이 없었다. 철면피도 그런 철면피가 없었다. 경숙을 먼저 보내고 다방에서 마주 앉은 동엽도 마찬가지였다. 왜 찰거머리처럼 귀찮게 따라다니느냐는 표정이었다. 그는 용서를 구하는 대신 자신의 입장을 길게 설명했다.

—너도 알다시피 정이라는 게 끊고 싶다고 단칼에 무 자르듯 마음대로 끊어지는 게 아니고, 인연이라는 것도 사람 뜻대로 할 수 있는 게 아닌데다, 또 사람 마음이라는 게 오뉴월 바다 날씨처럼 제멋대로 변덕을 부리다보니……

한마디로 경숙을 포기할 수 없다는 거였다. 그러니 미안하지만 이번엔 네가 물러나줘야겠다는 거였다. 청천벽력 같은 이별통보에 유자는 울음을 터뜨렸다.

어떻게 오빠가 나한테 이럴 수가 있어!

분하고 원통했다. 하지만 동엽은 이미 마음을 정한 듯 태도가 싸늘했다. 이번엔 유자가 용서를 빌었다. 무조건 잘못했다고 했다. 그리고 미안하다고 했다. 다시는 강짜를 부리지 않을 테니 제발 헤어지자는 말만은 하지 말아달라고 애원했다. 거기에 더해 동엽이 앞으로 누구를 만나든 절대 상관하지 않겠다고 약속했다. 그제야 동엽은 크게 인심을 쓰듯 그럼 다 용서해줄 테니 커피값은 네가 내고 가라며 자리에서 일어섰다.

이후 동엽은 보란 듯이 대놓고 경숙과 붙어다녔다. 가물에 콩 나듯 유자를 만나줄 때도 있었지만 그건 경숙이 달거리를 하거나 뭍에 볼일이 있어 섬을 떠나 있을 때뿐이었다. 그럴 때도 동엽은 적선을 하듯 있는 대로 유세를 부렸다. 수모와 굴종의 나날이었다. 수치심과 모멸감에 혀를 깨물어 죽고 싶은 적도 많았다. 순진한 동엽 오빠를 빼앗아간 경숙의 뻔뻔스러운 낯짝을 빗창으로 죽죽 그어버리고 싶기도 했다. 하지만 유자는 그렇게 하지 않았다. 대신 이를 악물었다.

그래! 내가 먼저 동엽 오빠의 애를 배리라. 그렇게만 된다면 단번에 상황을 역전시킬 수 있을 것이다. 그때 가서 경숙이 년에게 당한 수모를 천배 만배 갚아주리라, 마음먹었다. 유자는 자신이 아무리 기를 써봐야 경숙의 늘씬한 몸매와 교태를 따라갈 수 없다는 걸 누구보다 잘 알고 있었다. 다만 한가지 믿을 수 있는 건 섬의 그 어떤 여자보다 암팡지고 튼실한, 어릴 때부터 동네 어른들이 애 하나는 잘 낳겠다며 볼 때마다 감탄하던 그 특별한 엉덩이였다.

기실, 동엽을 꿰찰 수만 있다면 뭍에 나간 애들도 부러울 게 하나 없었다. 서울로 간 친구들 얘기를 들어보면 도시에서 여자가 할 수 있는 일이란 게 뻔했다. 숨 막히는 봉제공장에서 온종일 미싱을 돌리거나, 타실 분 안 계시면 오라이, 버스 차장을 하거나 남의집살 이를 하는 식모가 고작이었다. 얼굴이 좀 반반하면 호스티스로 풀려 돈도 많이 번다지만, 알고 보면 몸 버리고 신세 망치기 딱 좋은 직업이었다. 그러느니 섬에 갇혀 사는 게 좀 갑갑하더라도 선주 사모님 소리를 들어가며 속 편히 사는 게 백번 나을 것 같았다.

이후 유자는 동엽을 만나기만 하면 다짜고짜 동백나무 숲으로 끌어들여 급하게 치마를 걷어올렸다. 그리고 커다란 엉덩이로 열심히 요분질을 해대며 장차 배를 불룩 내밀고 구 회장네 며느리로 당당하게 입성할 영광의 날을 꿈꾸었다.

그런데 이젠 다 틀려먹었다. 선주 사모님은커녕 사랑에 속고 우정에 배신당한 가련한 신세가 되고 말았다. 그리움에 지쳐서 울다 지쳐서 가슴에 빨갛게 멍이 든 동백아가씨가 되고 말았다. 영광은 수태한 자의 차지가 되었고 아이를 갖지 못한 자에겐 고통과 비탄만이 남았다. 눈앞에선 그녀의 마음을 아는 듯 모르는 듯 갈매기 한마리가 외롭게 끼룩거리며 날고 있었다.

툇마루에 앉아 물적삼을 깁고 있던 경숙 엄마는 유자를 보고 왜 눈두덩이 그렇게 부었느냐며 의뭉스럽게 물었다. 집으로 돌아오다 경숙의 집에 들렀을 때였다. 승리자의 의기양양한 얼굴을 마주한다는 게 괴로웠지만 애를 밴 게 사실인지 아닌지 자신의 눈으로 직접 확인하고 싶었기 때문이다. 그런데 임신한 몸으로 어딜 쏘다니는지 경숙은 코빼기도 보이지 않았다. 동엽 오빠라도 만나러 나간 걸까?

유자의 눈치를 살피는 경숙 엄마의 음충맞은 눈길엔 넌 우리 경숙이한테 안되지, 하는 오만한 경멸과 머지않아 구 회장 댁과 사돈지간이 될 거라는 느꺼운 자부심이 번질거려 유자는 앞에다 침이라도 뱉어주고 싶었지만 애써 참고 사립문을 나섰다. 어차피 깨진 우정이고 엇갈린 팔자였다. 패배를 인정할 수밖에 없었다. 다만 두 사람이 처음 붙어먹은 걸 알았을 때 경숙이 년의 머리카락을 죄다 뽑아버리지 못한 게 한일 뿐이었다.

―넌 밥도 안 먹고 어딜 갔다 오냐?

어깨가 축 처져 들어오는 딸을 보고 점순이 물었지만 유자는 대꾸도 없이 털썩, 무너지듯 마루에 주저앉았다. 눈이 퉁퉁 부은 걸 보니 뒷산에 올라가 혼자 펑펑 울다 온 모양이었다. 에구, 불쌍한 년, 차라리 사내로 태어났으면 좋았을걸, 하는 해묵은 안타까움에 점순은 긴 한숨이 나왔다. 어차피 세상은 여자에게 가혹하다는 걸 알고 있었지만 섬에서의 삶은 특별히 더 혹독했다. 뱃일을 못하는 대신 차가운 물속에서 뼈가 삭아가는 인생이었다. 게다가 서방이랍시고 가난한 뱃놈들의 울분까지 다 받아줘야 하는 약자의 운명이었다. 그런 팔자가 대물림되기를 바라는 어미는 아무도 없을 터였다.

유자는 실성한 듯 마루에 걸터앉아 먼 데 하늘만 바라보고 있었다. 이때, 얇은 스웨터 위로 툭 튀어나온 젖꼭지가 점순의 눈에 들어왔다. 그녀는 다시 부아가 치밀었다. 아무짝에도 쓸모없는 젖은 또 어쩌자고 저렇게 유난스럽단 말인가!

—옷 좀 똑바로 입고 다녀, 이년아. 그렇게 아무 데나 젖을 내놓고 돌아다니니까 사내놈들이 만만하게 보고 덤벼드는 거 아냐.

그러자 유자가 홱, 독기 서린 눈으로 점순을 쏘아보았다.

—흥, 엄마는 입이 열개라도 나한테 할 말 없을걸.

—뭐? 그게 무슨 소리야? 왜 할 말이 없어?

점순이 따지듯 묻자 유자는 기어이 입안에서 맴돌던 말을 내뱉었다.

—엄마도 뭐 옛날에 동엽 오빠 아버지하고 다 그렇고 그런 사이였다면서?

—뭐? 누, 누가 그런 소릴 해?

점순은 당황해 말까지 더듬었다.

—경숙이가 그러던데, 엄마하고 구 회장하고 갈 데까지 간 사이

라고.

　─아니, 경숙이 년이 그걸 어떻게 알고……!

　점순은 황급히 손으로 입을 틀어막았지만 이미 밖으로 새나간 말이었다. 자신도 모르게 부끄러운 치정을 인정한 꼴이 되고 말아 그녀는 오래된 레코드판 위에서 바늘이 튀듯 말을 버벅거렸다.

　─그, 그, 그년이 도대체 어디서 무, 무슨 얘길 듣고……

　─자기 엄마한테 들었다던데 뭘.

　유자의 대답에 점순은 엉덩이를 연신 들썩이며 게거품을 물었다.

　─누구? 윤갑순이? 하이고, 그년이 감히 그런 소릴 해? 내가 말이 나왔으니까 말인데 그년 젊었을 때 별명이 뭐였는지 아니? 홍어 두마리였어. 아무나 홍어 두마리만 갖다주면 가랑이를 벌렸거든. 상대가 언청이든 곰배팔이든 가리지도 않았고 홍어가 암놈인지 수놈인지 따지지도 않았어. 그런 주제에 얻다 대고 남의 행실을 나무라, 나무라길. 오살할 년이!

　점순은 목이 타 주전자를 들어 주둥이에 입을 대고 벌컥벌컥 물을 들이켜다 변명처럼 혼자 웅얼거렸다.

　─그리고 나야 뭐, 그 인간이 젖 달라고 쫓아다니는 하룻강아지 모양 하도 쫓아다니니까 불쌍해서 그냥……

　그러자 유자는 벌컥 문을 열고 방으로 들어갔다.

　─흥, 열녀전 끼고 서방질한다더니……!

　─저, 저, 저년이 에미 앞에서 할 소리가 따로 있지, 어디서……!

*

―아이고, 머리야!

점순은 손으로 이마를 짚고 잠시 걸음을 멈춰 섰다. 평생 물질을 하다보니 생긴 지병이었다. 게다가 유자 때문에 신경을 썼더니 평소보다 더 머리가 지끈거려 뇌신이라도 사 먹어야겠다며 집을 나선 길이었다.

망할 년! 낮살이나 처먹고서 애들 앞에서 할 얘기 못할 얘기 못 가리고, 그게 무슨 자랑거리라고 옛날 얘기를 꺼내서 분란을 일으킨담.

점순은 속에서 열불이 나 얼굴이 화끈거렸다. 이제 구 회장네와 사돈 간이 되었다고 으스델 갑순의 거만한 얼굴을 떠올리니 더욱 화가 치밀었다.

이미 오래전에도 동네 여자들끼리 남자를 두고 쟁탈전을 벌인 일이 있었다. 다름 아닌 동엽의 아버지 구 회장이 그 주인공이었다. 당시 동네 여자들 중에서 구 회장과 붙어먹지 않은 여자는 아무도 없었다. 홍어 두마리, 갑순은 물론 점순도 예외는 아니었다. 그것은 구 회장이 난봉기가 있어서라기보다 섬 여자들이 워낙 그악스러워 그를 그냥 내버려두질 않았기 때문이었다. 그때 경쟁에서 승리를 거두고 구 회장을 차지한 건 돌목께 사는 정영순이었다. 딱히 인물이 빼어난 것도 아니고 속된 말로 긴자꾸도 아니었는데 그녀가 승리를 거둘 수 있었던 건 누구보다 먼저 애가 들어섰기 때문이다.

그 정영순이 바로 동엽의 엄마였다. 당시 동네에선 애가 구 회장의 씨가 아니라는 둥, 실은 계절이 바뀔 때마다 한번씩 섬에 찾아오는 땜장이의 아들이라는 둥 소문이 무성했지만 그녀는 기어이 안방을 차지했고 소문은 곧 바람결에 날려 흔적도 없이 사라졌다.

점순의 몫으로 돌아온 건 구 회장네 고깃배를 타는 기관장 배 씨였다. 그녀는 분수를 모르는 여자가 아니어서 제 푼수에 그 정도면 나쁘지 않다고 생각했다. 바지런한데다 기계 다루는 솜씨가 좋아 여자를 굶길 일은 없어 보였기 때문이다. 금슬도 나쁘지 않았다. 그런데 두사람의 연이 거기까지였는지 배 씨는 유자가 학교도 들어가기 전에 동지나해 멀리 조기잡이를 나갔다가 조난을 당해 영영 돌아오지 못했다. 갑판장이던 경숙 아버지도 그때 함께 구천으로 떠나 섬에는 과부가 또 한명 늘어났다. 이후 점순은 조용히 물질을 하며 죽은 듯이 살았지만 갑순은 살판 난 듯 구리무를 찍어 바르고 사내들을 몰래 집으로 끌어들이기 시작했다. 젊은이고 늙은이고 가리지 않고 남자 옮겨다니기를 화냥년 시집 다니듯 했다. 그런 주제에 감히 남의 허물을 들추다니, 똥 묻은 개가 겨 묻은 개 나무라는 격 아닌가! 점순은 울화가 치미는 한편 옛날에 배를 맞췄던 구 회장과 갑순이 사돈 간이 된다고 생각하니 우습기도 했다. 서로 얼굴을 보고 어떤 표정을 지을지 궁금하기도 했다.

—육시랄 년!

점순은 바다에 침을 퉤 뱉고 다시 약방으로 걸음을 옮겼다.

                                    *

　—유자는 잘 있지?

　약방 공 영감 마누라가 약장에서 뇌신을 찾으며 은근한 어조로
물었다. 인정이 많은 척해도 남의 아픈 곳을 반드시 헤집어놔야 직
성이 풀리는 여편네였다. 약방은 그런 뒤틀린 욕망을 채우기에 적
당한 곳이었다.

　—잘 있지, 그럼. 뭐 별일 있겠어요?

　점순이 지르퉁하게 받자, 공 영감 마누라는 뭔가 석연찮은 표정
으로 다시 물었다.

　—진짜 아무 일 없는 거야?

　—아니, 그럼 칼이라도 물고 엎어졌을까봐서요?

　점순이 독기를 품어 말을 엇지르자 공 영감 마누라는 손사래를
쳤다.

　—아니, 그런 얘기가 아니고…… 혹시, 유자 어디 아픈 데 없어?

　—아, 글쎄, 물어보고 싶은 거 있으면 그냥 물어보세요. 장님 막
대질하듯 넘겨짚지 말고!

　기어이 바락, 소리를 질렀지만 공 영감 마누라는 아무도 없는 주
위를 공연히 두리번거리며 뜸을 들였다.

　—우리 입장에서 이런 얘기 하기는 좀 그런데, 다른 사람도 아니
고 내 유자 엄마니까 얘기를 하자면……

　—글쎄, 뭔 얘긴지 어서 꺼내놔봐요.

—유자 말이야, 혹시…… 사교병 걸리지 않았어?

—사교병?

—거 왜 있잖아, 여자들 아랫도리에……

불난 집에 부채질한다더니 딱 그 짝이었다. 점순은 울화가 치밀어 약장을 다 엎어버리고 싶었지만 머리가 깨질 듯 아파 이마를 짚고 마루에 털썩 주저앉았다.

—아이고, 머리야!

그런데도 공 영감 마누라는 약 올리듯 계속 말을 빙빙 돌렸다.

—내가 물어보는 게 다 이유가 있어서 그래.

더는 말대꾸할 힘도 없어 점순은 손을 내젓기만 했다. 그러자 공 영감 마누라가 인심을 쓰듯 조심스럽게 비밀을 털어놓았다.

—거, 왜, 경숙이라고 알지? 윤갑순이 딸.

—그런데요?

—걔가 사교병에 걸려서 보건소에 다니잖아. 사실 이런 얘기는 남한테 하면 안되는 건데……

—그, 그게 무슨 말이에요? 경숙이가 뭐가 어쨌다고?

—그게 여자만 치료해서 되는 게 아니거든. 보나 마나 구 회장 아들놈이 어디서 병을 옮겨온 모양인데, 그러면 틀림없이 유자한테도……

공 영감 마누라는 눈치를 살피며 말끝을 흐렸다. 점순은 잠시 정신이 혼미하여 멍하게 앉아 있다가 겨우 정신을 차리고 되물었다.

—그, 그러니까 그애들이 보건소에 다니는 게 이, 임신을 해서가

아니라는 거예요?

　—임신은 무슨! 사교병에 걸려서 같이 주사 맞으러 다니는 거야.
여기 와서 약도 지어갔다니까.

                                    *

　유자는 마당 한켠에 걸어둔 커다란 양은솥에 불을 때 닭을 고고
있었다. 점순이 약방에 간 뒤, 혼자 울다 지쳐 깜박 잠이 들었다 깨
어나니 갑작스레 허기가 밀려왔던 것이다. 생각해보니 하루 종일
아무것도 먹은 게 없었다. 겨우 자리를 털고 일어나 부엌을 뒤져보
았지만 찬밥 한덩이 남아 있지 않았다. 국수라도 삶을까, 망설이는
데 문득 마당에서 모이를 쪼고 있던 씨암탉이 눈에 들어왔다. 동엽
이 오면 삶아주려고 마음먹고 키우는 닭이었다. 통통하게 살이 오
른 암탉을 보니 다시 울컥, 화가 치밀었다. 그동안 애지중지 키우던
닭이었는데 갑자기 꼴도 보기 싫어졌다. 암탉 주제에 가당치도 않
은 새빨간 면두도 얄미웠고 뒤뚱거리며 걷는 태도 가증스러웠다.
　저놈의 닭 새끼, 내 오늘 잡아먹고야 말리라!
　유자는 자리에서 일어나 닭을 쫓기 시작했는데 평소엔 유유자적
마당을 어슬렁거리던 암탉이 도망갈 땐 어쩌나 빠르던지, 한바탕
집 안을 다 뒤집어놓고 난리를 피운 끝에야 겨우 목을 틀어잡을 수
있었다. 솥에 불을 지피는 동안 유자는 닭을 푹 고아 먹고 어서 기
운을 차려야겠다고 생각했다. 그래서 지난 일은 다 잊고 새 남자를

50

만나 새 출발 하리라, 마음먹었다. 얼마 전 새로 섬에 들어온 젊은 조기장의 얼굴도 떠올랐다. 길에서 스쳐지날 때마다 눈인사를 나누곤 했는데 쑥스러운 듯 재빨리 자신의 몸을 훔쳐보는 눈길이 불쾌하지만은 않았다. 때마침 남쪽에서 불어온 봄바람에 바짝 마른 장작이 잘도 타올랐다.

물이 막 끓어오를 무렵, 유자는 엄마가 언덕 아래에서 헐레벌떡 뛰어오는 것을 보았다. 점순은 탈진한 듯 마루에 털썩 주저앉아 가쁜 숨을 몰아쉬었는데 실성한 것처럼 눈동자가 풀려 있었다.

—엄마!

유자가 놀라 어깨를 잡아 흔들자 점순이 겨우 입을 열었다.

—무, 무, 무……

—뭐?

—무, 물 좀 갖다달라고……

유자는 황급히 부엌으로 가서 찬물을 한대접 떠 가지고 왔다. 점순은 벌컥벌컥 물을 다 마시고도 한동안 말을 못하고 숨을 몰아쉬었는데 어찌 된 일인지 얼굴엔 이유를 알 수 없는 미소가 어려 있었다. 엄마가 실성한 게 아닐까, 유자는 정신이 아뜩했다.

—어, 엄마, 왜 그래? 괜찮아?

유자가 걱정스러운 얼굴로 묻자 점순이 혼잣말처럼 중얼거렸다.

—그게 아냐, 이년아.

—뭐가?

—그게 아니라고.

—뭐가 아니라는 거야?

그러자 갑자기 점순이 버럭, 소리를 질렀다.

—애를 밴 게 아니라고!

—그, 그게 무슨 소리야?

—경숙이 그년 말이다, 애를 밴 게 아니라 사교병에 걸린 거야. 그래서 보건소에 간 거란 말이다.

—사, 사교병?

—그래, 이것아. 내 약방의 공 영감 마누라한테 다 들었다. 그러게 똑바로 알아보지도 않고…… 아이고, 여기까지 단숨에 뛰어왔더니 어지러워 죽겠네. 근데, 저건 뭘 끓이는 게냐?

점순은 양은솥에서 김이 무럭무럭 오르는 것을 발견하고 물었다. 집 안엔 이미 누린내가 가득 퍼져 있었다. 이때, 유자는 뭐라고 대답을 하려다 갑자기 허리를 꺾으며 우웩! 구역질을 했다.

—넌 또 뭘 잘못 먹어서 그래?

점순이 놀라 등을 두드렸지만 유자는 대답도 못하고 바닥에 쪼그려앉아 계속 헛구역질을 해댔다. 먹은 게 없으니 토할 것도 없지만 구역질은 한동안 멈추질 않았다. 이때, 유자의 커다란 엉덩이를 내려다보던 점순의 머릿속에 뭔가 퍼뜩 스쳐가는 게 있었다.

—너, 혹시……!

—혹시 뭐?

유자는 겨우 고개를 들어 눈물이 그렁그렁한 눈으로 점순을 올려다보았다.

*

유자는 선착장을 향해 뛰어가고 있었다. 동네방네 동엽을 찾아다니다 그가 배를 타러 갔다는 얘기를 전해듣고 한달음에 달려가는 길이었다. 그 소식을 전해준 건 다름 아닌 경숙이었다. 동엽이 집에 없는 것을 확인하고 혹시 다방에 갔나 싶어 들러보니 뜻밖에도 경숙이 구석에 앉아 혼자 훌쩍거리고 있었다. 말 안해도 사정이 어떤지 절로 짐작이 갔다. 경숙은 유자를 보자 기다렸다는 듯 흑, 울음을 터뜨렸다.

—미안해, 유자야. 내가 잘못했어.

그녀는 눈물을 흘리며 용서를 빌었다. 처량하게 울고 있는 경숙을 보니 갑자기 측은한 마음이 들었다. 에구, 불쌍한 년. 머리카락을 죄다 뽑아버리고 싶은 증오도, 빗창으로 얼굴을 죽죽 그어버리고 싶던 질투도 눈 녹듯 사라졌다. 유자는 경숙에게 다가가 어깨를 꽉 끌어안았다. 극적으로 뒤집힌 짜릿한 승부에 전율이 일며 오랜 우정이 다시 되살아났다.

—울지 마, 경숙아. 난 너를 한번도 원망해본 적이 없어. 지금까지도 그랬고 앞으로도 그럴 거야.

유자는 빨갛게 충혈된 경숙의 눈을 쳐다보며 말했다. 그 말에 경숙은 유자의 가슴에 얼굴을 묻고 더 큰 소리로 울기 시작했다.

—동엽 오빠가 인제 그만 헤어지재. 그러니 난 어쩌면 좋으냐?

당연히 그럴 테지, 사교병이나 옮기고 다니는 년을 어느 남자가 좋아하겠는가! 게다가 아랫도리는 또 얼마나 가려울꼬. 유자는 뿌듯한 승리감에 가슴이 벅차올라 자꾸만 웃음이 날 것 같았다. 자신이 반나절을 울었으니 이제 나머지 반은 배신자가 울 차례였다. 참으로 공평하면서도 요지경인 세상이었다. 하지만 애써 표정을 감추며 조심스럽게 물었다.

—지금 동엽 오빤 어디 있는데?

—몰라. 자긴 이제 섬을 떠날 거래. 그래서 다시는 돌아오지 않겠대.

—뭐라고?

유자는 놀라 자리에서 벌떡 일어섰다.

—그, 그럼 오빠는 서울로 간 거야?

—어디로 가는지는 나도 몰라. 그냥 이젠 다 싫대. 나도 싫고 너도 싫고 섬이라면 다 지긋지긋하대. 그동안 오빠만 믿고 있었는데 떠나버리고 나면 우린 이제 어떡하니, 유자야, 응?

경숙이 채 말을 마치기도 전에 유자는 이미 다방 문을 박차고 밖으로 뛰어나가고 있었다.

멀리서 뱃고동 소리가 울렸다. 배가 곧 출발한다는 신호였다. 유자는 젖먹던 힘을 다해 선착장을 향해 달려가고 있었다. 커다란 젖가슴이 쏟아질 듯 출렁거렸고 엉덩이를 뒤뚱거리며 달리는 모습이 흡사 살찐 암탉 같았다. 모퉁이를 돌아 선착장으로 향했을 때 그녀는 뱃전에 기대서서 담배를 피우는 동엽을 목격했다.

—오빠! 동엽오빠!

유자는 앞으로 내달리며 손나발을 하고 동엽을 불렀다. 하지만 동엽은 소리를 듣지 못했는지 긴 머리카락을 휘날리며 먼 바다만 바라보고 있었다. 그래, 이젠 영영 이별이다. 유자도 경숙이도 다시는 볼 일이 없겠지, 생각하니 조금은 미안한 마음도 들었다. 하지만 다시 섬으로 돌아올 일은 없을 것이다. 남들은 낡은 고깃배 몇척 가지고 있는 게 무슨 큰 부자인 줄 착각하지만 손바닥만 한 섬에서 아무리 에헴, 하며 뒷짐 지고 잘난 척해봤자 말짱 우물 안 개구리일 뿐이었다. 섬을 세상의 전부라고 알고 있는 무지와 몽매에 동엽은 진저리가 났다. 아버지 또한 괜히 뭍으로 나갈 생각 말고 착실히 뱃일이나 배우라지만 섬은 아무런 희망이 없었다. 거친 파도와 세찬 바람, 그리고 억센 여자들뿐이었다. 게다가 사교병이라니!

이때, 동엽의 귀에 누군가 부르는 소리가 들렸다.

—오빠! 동엽오빠!

밑을 내려다보니 유자가 선착장 끝에 서서 소리를 지르고 있었다. 그녀는 동엽과 눈이 마주치자 목청껏 악을 썼다.

—나, 임신했어!

—뭐라고?

—나 오빠 애를 가졌다고!

순간, 부! 하며 뱃고동이 길게 울었다. 유자의 목소리는 뱃고동에 묻혀 무슨 말인지 알아들을 수 없었다. 갈매기떼까지 끼룩거려 사방이 시끄러웠다. 배는 점점 더 멀어지고 있었다. 유자는 다급하게 자신의 배를 손가락으로 가리키며 더 큰 소리로 외쳤다.

—여기 오빠 애가 자라고 있다고! 진짜야!

동엽은 유자가 민망하게도 연신 제 사타구니를 가리키는 것을 보며 실소를 머금었다.

쯧쯧쯧, 저년도 사교병에 걸린 모양이로군. 그럼 빨리 보건소에나 가볼 것이지 여긴 뭐하러 쫓아온 게야?

왕
들
의
무
덤

정희, 그녀가 아침에 일어나서 하는 행동은 늘 기계처럼 정확했다. 눈을 뜨고 침실에서 빠져나오면 우선 욕실로 들어가 샤워부터 한다. 부드러운 장갑타월에 비누를 묻혀 몸을 문지르고 뜨거운 물로 남편의 냄새를 씻어낸다. 그들이 섹스를 안한 지는 기억도 할 수 없을 만큼 오래되었지만 그의 몸에서 풍겨나는 갱년기의 냄새가 자신에게 옮아온다는 느낌 때문이다. 그것이 언제부턴가 강박이 되어 갈수록 샤워하는 시간이 길어지고 있다. 자신의 나이에 그런 감정을 갖는 것은 심리적으로나 생물학적으로 자연스러운 일이라고, 그녀는 생각했다.

정희는 가운을 입고 욕실에서 나왔다. 이사 온 첫날, 샤워를 하고 나와 가운 하나만 걸친 채 육십오평 아파트의 거실을 맨발로 걸었을 때의 느낌을 그녀는 기억하고 있다. 삼십이평과 육십오평의 차이는 단지 면적의 차이가 아니었다. 크리스마스 전구가 반짝이는 긴 낭하를 따라 감미로운 세계의 중심을 걷는 기분? 코발트색 파라솔 밑에서 온갖 속물적인 행복감이 캐러멜처럼 얹힌 프라푸치노를 마시는 기분? 하지만 이젠 얼음이 녹듯 그런 행복감이 모두 녹아내려 커피와 생크림, 캐러멜이 한데 뒤섞인 들척지근한 설탕물에서 헤엄을 치는 기분이다. 그 이유가 순전히 나이 탓일까?

칙……

기차가 멈추는 소리와 함께 커피향이 거실 가득 퍼지며 에스쁘레소 머신에서 진한 갈색의 크레마가 용암처럼 흘러내린다. 원두는 그녀의 열성적인 팬인 유치원 교사가 직접 볶아서 보내준 것이다. 그녀는 뒤늦게 바리스타라도 되려는지 집에 로스터까지 갖춰놓고 갓 볶은 커피를 보내줄 때마다 장황한 설명을 곁들이는데, 정희는 유난스러운 건 딱 질색이다. 과유불급, 그녀는 그런 균형감이 지금까지 자신을 지켜왔다고 믿는다.

정희는 커피잔을 들고 서재에 들어가 맥북을 켰다. 그리고 부팅을 기다리는 동안 에스쁘레소를 두모금 마셨다. 마치 와인을 마시는 것처럼 입술을 적시듯 가볍게 한모금, 다음은 입안 가득 커피를 머금고 잠시 머문 후 꿀꺽 단숨에 삼켰다. 쓰디쓴 커피가 싸르르 빈 식도를 타고 내려가는 동안 맥북은 소리도 없이 켜져 주인의 명령을 기다리고 있었다. 믿을 수 없을 만큼 단단하고 정교한, 세상의 모든 디지털 우성인자를 흡수하며 괴물처럼 진화한 완벽한 유기체! 스티브 잡스는 어떻게 해야 사람을 행복하게 만드는지 그 비밀을 알고 있는 것 같다. 그 핵심은 바로 아름다움이며 세상은 이제 아름다운 것만이 윤리적인 것이 되었다.

정희는 인터넷에 접속해 메일을 확인했다. 모두 세통의 메일이 와 있었다. 그 숫자에 정희는 기분이 씁쓸했다. 그녀가 한창 활발하게 활동할 때에는 보통 하루에 열통이 넘는 메일을 받았다. 출판사와 언론사, 온갖 단체와 동료 문인들이 보낸 메일을 읽고 답장을 쓰는 데만도 한시간이 넘게 걸렸는데 근래에는 스팸메일이나 이런저런 단체에서 보내는 의례적인 알림메일을 제외하면 한두통이 고작이었다.

언제부턴가 그녀의 마음 한구석엔 이제 자신이 중심에서 서서히 밀려나고 있는 게 아닌가, 하는 불안감이 슬그머니 자리 잡았다. 그런 부담 때문일까? 요즘은 단편 하나 쓰는 것도 힘겹다. 방향을 잘못 잡거나 너무 힘이 들어가는 경우가 많았다. 지난해엔 두번이나 펑크를 냈다. 도대체 뭐가 잘못된 거지? 남편은 그것이 갱년기 우울증 때문이라고 했다. 하지만 그녀는 아직 오십도 되지 않았다. 그리고 소설이 도대체 갱년기와 무슨 상관이란 말인가? 도리스 레싱이 노벨상을 받은 것은 팔십팔세 때의 일이다. 앞으로 생산해낼 난자의 수가 얼마 남지 않았다는 것은 잘 알고 있지만 아직 한여름의 슬러시처럼 맥없이 녹아버릴 나이는 아니다.

정희는 한 진보 문학단체에서 보내온 사대강, 어쩌고 하는 제목의 단체메일을 보자 슬그머니 짜증이 밀려왔다.

지긋지긋한 빨갱이 새끼들……

아버지는 생전에 뉴스를 볼 때마다 몇번씩 그렇게 내뱉곤 했다. 만일 그가 살아서 메일을 보았다면 틀림없이 그렇게 말했을 것이다. 한때 정희는 그 단체에서 주관하는 행사에 종종 참여했지만 이젠 회비도 내지 않고 아무런 활동도 하지 않는다. 그녀가 보기에 그들은 확고한 집단의식과 도덕적 우월감에 취해 있었다. 가장 참을 수 없는 건 미학적 파탄이었다. 개량한복을 입고 삼보일배를 하는 풍경은 그녀가 본 것 중 가장 기이하고 우스꽝스러운 퍼포먼스였다. 민족주의와 종교가 결합한 진보라니!

정희는 컴퓨터를 끄고 거실로 나와 호주에 유학 가 있는 딸 지영에게 전화를 걸었다.

ㅡ하이, 맘.

ㅡ밥은 먹었니?

ㅡ응, 아빠 출근했어?

ㅡ그래.

ㅡ어젠 술 안 먹었어?

ㅡ안 먹긴, 그 사람이 술을 안 먹으면 박가가 아니지. 어제도 새벽 세시에 들어왔다.

ㅡ에휴, 아빠 정말……

딸애는 늘 남편의 안부를 챙긴다. 그 이유가 왠지 자신 때문이라는 생각에 정희는 마음이 언짢다. 엄마가 유명작가이기 때문에 아빠가 상대적으로 소외감을 갖게 될까봐 걱정인 모양이다.

한번은 그녀가 출판사 모임에 참석했다 밤늦게 들어간 적이 있었다. 지영이 바닥에 쪼그리고 앉아 걸레로 거실을 닦고 있었는데 지독한 냄새가 났다. 알고 보니 남편이 술을 잔뜩 먹고 들어와 거실 바닥에 한바탕 토한 거였다. 남편은 깨끗한 잠옷을 입고 침대에서 곯아떨어져 있었다. 지영이 목욕을 시킨 후 옷을 갈아입혀 침실에 데려다 누인 모양이었다. 정희는 다 큰 딸 앞에서 추태를 부린 남편에게 부아가 치미는 한편, 남편의 속옷까지 갈아입힐 생각을 한 딸이 지나치게 잔망스럽다고 느꼈다. 물론 그런 점이 바로 자신을 쏙 빼닮았기 때문이라는 걸 인정할 수밖에 없지만 말이다.

—오늘 스케줄은 어때?

—응, 남자랑 데이트하기로 했어. 점심도 먹고……

스케줄이란 지영의 말에 냉소가 섞여 있다고 느껴서였을까? 정희는 자신의 입에서 갑자기 튀어나온 고백에 스스로 놀랐다.

—정말? 누군데?

—그건 비밀이야.

정희는 짐짓 장난스럽게 말하면서 자신도 모르게 마른침을 삼켰다.

—그 남자랑 섹스도 할 거야?

지영은 그렇게 불쑥, 선을 넘어갔다. 전화기를 사이에 두고 가벼운 파동이 일었다. 섹스? 현수랑? 그런 생각을 한번도 안해본 것은 아니지만 딸애와의 쿨한 대화 속에서 그녀의 은밀한 갈망은 맥없이 스러졌다.

—봐서…… 근데 이건 모녀가 나누기에 적당한 주제는 아닌 것 같다.

두 여자는 위악적으로 키득대며 웃었다. 정희는 두사람 모두 연기를 하고 있다는 기분이 들었는데, 자신들이 어떤 인물을 연기하는지는 알 수 없었다.

전화를 끊고 정희는 창밖을 내다보았다. 맞은편 아파트단지는 화창한 날씨임에도 불구하고 늘 우중충했다. 정희는 남은 커피를 마시며 딸애를 생각했다. 지영은 대범하고 세련된 유머감각을 가지고 있지만 그것을 스스로 즐기기보단 주로 자신이나 상대에게 상처를 주기 위해서 사용했다. 그애가 그렇게 삶에 대해 냉소적인 이유가 나 때문일까? 지영이 자랄 때 정희는 남편과 자주 다퉜다. 심한 경우도 많았다. 서로의 관계를 위협하고 영속적인 효과를 지닌 파탄의 말들을 수도 없이 쏟아냈다. 그들은 자유주의자의 세련된 제스처를 흉내 내느라 여념이 없어 그들 안에 어떤 균열이 생겼는지 눈치채지 못했다. 아이가 크고 세월이 지나면서 상대에 대해 조금 무심해진 듯 격렬한 다툼이 잦아들었지만 서로에 대한 혐오와 경멸, 분노와 적개심을 냉동실에 안전하게 보관해두었을 뿐 균열이 모두 메워진 것은 아니었다. 지영은 그녀의 가족이 사진관 앞에 걸려 있는 가족사진처럼 단란함과 행복으로 충만해 있지 않다는 것을 언제 처음 깨달았을까?

*

현수의 차는 구파발을 지나 일산으로 향하는 도로 위를 달리고 있었다. 초가을 녹색의 들판은 유난히 무더웠던 지난여름의 열기에 축 처진 느낌이었다. 정말 지구는 점점 더 뜨거워지고 있는 걸까?

—어릴 때 「임금님의 첫사랑」이란 드라마가 있었는데…… 기억 나요?

현수가 웃으며 물었다.

—그럼요, 그 주제가도 유명했잖아요, 이미자가 부른.

—맞아요. 강화섬 꽃바람이 물결에 실려오면, 어쩌고 하는…… 근데, 그거 조미미가 부른 거 아니었나?

—몰라요. 난 이미자가 부른 걸로 기억하는데…… 그나저나 걱 정이에요.

—뭐가요?

—옛날엔 역사소설을 써야 비로소 대작가로 인정하는 분위기였 는데, 요즘은 역사소설을 쓰면 왠지 한물간 작가라는 느낌이 들거 든요.

—그거야 뭐, 어떻게 쓰느냐 하는 문제 아닐까요? 정희 씨가 구 태의연한 궁중 암투극을 쓸 리도 없을 테고……

—물론 그런 건 아니지만……

딱히 그렇지 않다고 말할 자신도 없었다. 그녀가 쓰려는 소설은 조선 말기 철종시대를 배경으로 한 것이다. 왕비인 철인왕후 김씨를 비롯한 후궁들의 이야기를 다루고 싶었다. 역사 속에서 그저 박씨, 조씨, 방씨, 범씨 등 단지 성으로만 존재하는 철종의 여자들……

—그런데 왜 하필 철종이에요? 하고많은 왕들 중에서……

—몰락해가는 국말의 비극적 분위기가 잘 살아 있는 것 같아서요. 하지만 왕이 누구든 상관은 없어요.

정희는 맥 빠진 목소리로 대답하며 썬글라스를 쓴 현수의 얼굴을 힐끗 쳐다보았다. 커다란 편광렌즈 아래 또렷한 턱선이 부메랑처럼 시원하게 뻗어 있었다. 현수는 비록 오십이 넘었지만 평론가들이 교복처럼 입고 다니는 기지바지와 구두, 단추를 목까지 채운 줄무늬 와이셔츠 대신 오십만원짜리 프리미엄 진을 입고 스니커즈를 신고 다녔다. 그가 오십이 넘은 나이에도 자리를 못 잡고 시간강사로 떠도는 이유가 바로 그런 점 때문일까? 그에겐 언제나 부잣집 아들에게서 느껴지는 나이브한 이기심과 섹시함이 묘하게 공존했다.

그와 동행하게 된 것은 얼마 전 술자리에서 얘기를 나누다 그녀가 자료조사차 서울 외곽에 있는 어느 왕의 무덤에 다녀올 거라고 하자 그가 선뜻 데려다주겠다고 나섰기 때문이다. 그것이 데이트 신청이었을까? 그녀는 다소 혼란스러웠지만, 와이 낫? 그녀의 나이에 모험을 꺼릴 이유는 없었다.

현수의 차는 큰길에서 빠져 좁은 마을길로 접어들었다. 공사자재를 쌓아놓은 길가엔 유난히 얼굴이 까무잡잡한 젊은 여자가 밭을 매고 있었다.

─외국인인가보네요.

그러고 보니 동남아 쪽에서 시집온 아낙인 모양이었다. 쪼그려 앉은 품이 영 어색해 보였다. 정희는 몇년 전 냐짱의 한 호텔 마사지숍에서 만났던 베트남 여자가 떠올랐다. 스무살이나 되었을까? 미백치료를 받은 것처럼 유난히 하얀 치아가 인상적이던 그녀는 따이한이 최고라며, 한국으로 시집오고 싶다고 했다. 그녀는 자신의 원대로 한국 남자와 결혼했을까? 그래서 행복을 찾았을까?

─여기에도 아파트가 들어오는 모양이네요. 옛날엔 이 길이 참 예뻤는데……

현수는 천천히 차를 몰며 말했다. 길가 곳곳엔 건축자재를 쌓아놓은 공사현장이 자주 눈에 띄었다. 그에겐 아마도 이 길이 처음이 아닐 것이다. 보나 마나 여자 신인작가나 대학원 후배를 데리고 몇번 와본 적이 있을 것이다. 하지만 그게 무슨 상관이람? 정희는 힐끗 뒤를 돌아보았다. 젊은 외국인 여자는 여전히 같은 자세로 호미질을 하고 있었다.

엄마도 늘 저렇게 쪼그리고 앉아 밭을 매고 있었지. 정희의 머릿속에 불쑥 엄마의 모습이 떠올랐다. 아침에 일어나 차려놓은 밥을 먹고 나오면 엄마는 이미 집 앞 텃밭에 나가 있었다.

엄마, 학교 갔다 올게!

그녀가 소리를 지르면 엄마는 밭을 매다 잠시 허리를 펴고 웃으며 손을 흔들어 보였다. 내 눈엔 다 똑같은 풀처럼 보이는데 엄마는 잡초를 어떻게 구분하는 걸까? 엄마가 밭을 매고 지나간 이랑은 물감을 칠한 듯 촉촉한 속살을 드러냈는데, 그 짙은 황토색을 보고 있으면 왠지 마음이 푸근해졌다. 엄마의 밭매기는 정희가 학교에서 돌아올 때까지도 계속되었다. 늦은 오후, 더위에 지쳐 집으로 돌아오면 엄마는 여전히 그 자리에서 붙박인 듯 쪼그리고 앉아 호미질을 하고 있었다. 촉촉한 황토색은 조금 더 넓어졌지만 밭은 너무 넓고 엄마는 너무 작아 보였다. 지렁이처럼 느릿느릿, 엄마는 자신이 지나간 흔적을 남기며 고랑을 따라 이동했다. 언제부터였을까? 그 끝없는 노동에 정희는 절망을 느꼈다. 나는 저렇게 하루 종일 밭고랑을 기어다니며 인생을 흘려보내진 않을 거야,라고 그 어린 나이에 결심했던가? 그렇진 않았을 것이다. 다만 쪼그려앉은 엄마의 뒷모습에서 막막한 기분과 함께 슬픔을 느꼈을 것이다.

그래서였을까? 그녀는 단 한번도 고향 이야기를 쓰지 않았다. 그녀가 쓰는 소설은 주로 로맨틱한 분위기였고 주인공은 언제나 도시에 사는 세련된 남녀들이었다. 그들은 오피스텔에서, 가브리엘 포레의 음악을 들으며, 가망 없는 섹스를 나누다, 터키나 스페인으로 훌쩍, 여행을 떠나곤 했다. 그렇게 훌쩍 어디론가 떠나듯 그녀는 평생 가난과 무지, 폭력과 야만으로부터 도망치고 싶었다.

당신 소설 속엔 가난한 사람들에 대한 연민이 없어.

언젠가 남편이 정희의 소설을 읽고 평한 말이었다. 그는 길거리에서 폐지를 줍는 노인들을 볼 때면 정부를 욕했고 텔레비전에서 아프리카의 가난한 사람들을 비춰줄 때면 제국주의 운운하며 미국을 비난했다. 어쩌다 레스또랑에 가서 스빠게띠를 먹을 때도 겨우조개 몇개 들어간 국수가 왜 이렇게 비싸냐며 투덜댔고 뮤지컬을 보러 가면 어설프게 브로드웨이 흉내나 내는 싸구려 예술이라며 경멸했다. 제국주의를 열망하는 제삼세계 예술가들의 원숭이 짓이라는 거였다. 그래서 자존심도 없고 부끄러움도 모르는 놈들이라며 또 욕을 했다. 그녀는 남편이 시도 때도 없이 드러내는 부자들에 대한 적개심과 경직된 계급의식이 지겨웠다. 그는 인생을 즐기고 음미하는 법을 한번도 배워본 적 없는 한국의 여느 중년 남자들처럼 늘 지나치게 거창하고 지나치게 심각했다.

남편은 문학을 여자들이 까페에 모여서 하는 뜨개질 정도로 생각했다. 사교를 위한 교양 이상으로 봐줄 수 없다는 거였다. 그뿐만이 아니었다. 클래식 음악이나 미술작품을 감상하는 즐거움에도 관심이 없었다. 그저 부르주아들의 천박한 허영심이라며 비웃었다. 정희는 남편의 그런 위악적인 '곤조'를 얼치기 좌파의 촌놈근성이라며 비웃었다. 남편이 그토록 욕하는 재벌기업이 없었다면 그는 그동안 어떻게 광고회사에 빌붙어서 밥을 먹고 살 수 있었을까?

결과적으로 두사람은 서로 비웃으면서 공생하는 셈이었는데 아이러니하게도 정희는 왠지 그 경멸과 갈등이 두사람의 관계를 유지시켜주었다고 믿었다. 만일 그 차이가 없었다면, 그래서 일찍이 두사람 사이의 긴장이 해소되어 평화를 찾았다면 그들은 틀림없이 이혼했을 것이다. 그것은 물론 지루함 때문이겠지. 이 행성에서 권태는 가장 치명적인 질병이니까.

*

샛길로 접어들어 언덕을 넘어가는 길가엔 오래된 포플러가 서 있었다.

—여긴 가로수가 아직도 포플러네요.

정희가 말했다. 포플러를 가로수로 처음 심은 때는 아마도 박정희 시대였을 것이다. 그보다 더 이전엔 흔히 방울나무라고 불리던 플라타너스가 가로수로 심겼다. 정희의 집에서 학교로 가는 길엔 커다란 플라타너스가 빽빽이 늘어서 있어 잎이 한창 우거진 여름엔 마치 터널 속을 지나가는 것 같았다. 그렇게 플라타너스와 포플러는 그녀에게 각기 다른 시간대를 상징하는 나무가 되었다.

—봄에 눈처럼 하얗게 포플러 꽃가루가 날려서 알레르기로 고생했던 기억이 나요.

정희는 가로수 길을 따라 과거로 시간이동을 하는 듯한 기분이 들었다.

홍살문을 지나 대리석이 깔린 어도를 따라 걷자 곧 커다란 정자 각이 나타났다. 임금의 제사를 지내는 곳이다. 정희와 현수는 계단 을 걸어올라가 정자각 안을 들여다보았다. 대리석이 깔린 건물 안 은 서늘한 냉기만 감돌 뿐 영정 하나 없이 텅 비어 있었다. 철종의 무덤은 정자각 뒤 거대한 구릉 위에 있었는데 밑에선 보이지 않았 다. 평일이라 그런지 넓은 능원은 사람의 그림자 하나 없이 적막하 고 고요했다.

　―근데 이 안에는 못 들어가나보네요.

　정희가 능 앞을 가로막고 있는 야트막한 목책을 가리키며 말했다.

　―못 들어갈 게 뭐 있어요?

　현수는 웃으며 목책을 훌쩍, 가볍게 뛰어넘었다. 오십이 넘은 나 이지만 아이 같은 천진함이 느껴지는 경쾌한 몸짓이었다. 정희는 그 몸짓에 가벼운 흥분을 느꼈다. 그녀도 치맛자락을 여며쥐고 목 책을 넘어가자 현수가 불쑥 손을 내밀었다. 푸른 잔디로 뒤덮인 능 은 가팔랐다. 정희는 웃으며 현수에게 손을 내주었다. 두사람은 손 을 잡고 능을 올라갔다. 발밑에선 무성한 잔디가 발을 간질이고 현 수의 손은 뜨겁고 끈적했다.

　철종과 그의 비 철인왕후 김씨의 무덤은 산자락 아래 평화롭게 누워 있었다. 한 인간이 죽어서 이렇게 넓은 자리를 차지해도 될까 싶을 만큼 거대한 무덤이었다. 무덤 앞에 있는 넓고 두툼한 상석도 여느 무덤의 그것과는 크기부터 달랐다.

—저건 개인가요?

정희가 무덤 앞에 늘어서 있는 조각물 중 하나를 가리키며 물었다.

—글쎄요, 아마도 말이 아닐까 싶은데, 말치곤 너무 작죠?

—그러게요, 너무 작고 뚱뚱해요. 잘 뛸 것 같지도 않고……

두 사람은 무덤 앞 조각물을 둘러보며 의미없는 말들을 주고받았다. 정희가 철종이 묻힌 예릉을 찾은 건 소설을 구상하는 데 뭔가 조금이라도 의미있는 단서를 얻을 수 있지 않을까 하는 기대 때문이었다. 그런데 막상 무덤을 보고 나니 오히려 더 막막한 기분이 들었다. 이 거대하고 공허한 왕조의 이미지를 어떻게 흥미있는 이야기로 바꿔낼 것인가…… 갑자기 자신이 없어졌다.

숲길을 지나 능원을 걸어나오는 동안 정희의 머릿속엔 밭을 매던 젊은 외국인 여자의 모습이 자꾸만 떠올랐다. 그리고 그 모습과 겹쳐 이미 오래전에 죽은 엄마의 모습도 떠올랐다. 나는 과연 엄마가 평생 허리를 굽고 기어다녔던, 구불구불 휘어진 인생의 고랑에서 벗어난 걸까? 지금까지 그녀는 그렇다고 믿었다. 그녀는 적어도 먹고사는 게 전부였던, 그래서 죽을 때까지 자신의 삶이 어떤 의미를 갖고 있는지 끝내 깨닫지 못했던 엄마의 삶과는 다르다고 생각했다. 하지만 언제부턴가 단어를 신중하게 골라내고 문장을 다듬는 일이 딱딱하게 굳은 흙을 부숴 북을 돋우고 잡초를 솎아내는 지루한 노동과 하등 다를 바가 없다는 것을 깨달았다.

글을 쓰지 못하는 작가를 여전히 작가라고 부를 수 있을까? 그녀는 그동안 비교적 안전하고 우아한 삶을 유지할 수 있게 해준 작가라는 단단한 껍데기에 균열이 생겼다는 걸 눈치챘다. 아니, 거대한 작가의 무덤 속에서 서서히 부패해가고 있다는 기분이 들었다. 글은 과연 진실을 드러내는 데에 더 많이 기여하는 걸까, 아니면 진실을 은폐하고 왜곡하는 데에 더 많이 복무하는 걸까? 그녀는 자신이 쓴 글에 대해 자주 회의했다. 자신이 더이상 글을 쓸 수 없다는 두려움과 더불어 그 의심스러운 글을 끝도 없이 쏟아내야 하는 것도 곤욕스러웠다.

저는 언젠가 선생님이 꼭 노벨문학상을 받을 거라고 믿어요.

어느 싸인회에서 만난 한 열렬한 여성 독자가 정희의 손을 꼭 잡으며 그렇게 말했을 때 그녀는 자신도 모르게 울컥, 짜증이 솟았다. 그녀의 바람과 다르게 그녀의 독자들은 대개 그런 부류였다. 무지와 로맨티시즘은 끝내 뗄 수 없는 관계일까? 그녀는 자신도 모르게 냉소를 지으며 말했다.

좋은 독자가 되고 싶으면 제발이지, 책 좀 더 읽으세요.

정희의 말이 무슨 뜻인지 알아들었을까? 중년의 여성 독자는 얼굴이 하얗게 질린 채, 왜 사랑하는 이에게 이렇게 상처를 주는지 이해할 수 없다는 표정으로 싸인받은 책을 들고 주춤거리며 뒤로 물러섰다.

두 사람은 한적한 길가에 차를 세우고 앉아 있었다.

一저긴 어디예요? 목장 같은데, 가축이 안 보이네요.

차창 너머 언덕 위에 너른 잔디밭이 보였다.

一아, 저건 골프장일 거예요. 이 근처에 골프장이 몇개 있거든요.

정희는 고개를 끄덕였다. 골프장은 어디에 있든 볼 때마다 늘 난데없다는 기분이 들었다.

차 안엔 잠시 침묵이 흘렀다. 그것을 전깃줄 같은 사랑이라고 부르면 적당할까? 정희는 자신과 현수 사이에 보이진 않지만 늘 전기가 흐르는 것 같았다.

一그거 알아요? 내가 옛날에 캐디를 해본 적이 있다는 거.

왜 갑자기 그 얘기를 꺼냈을까? 정희가 어린 계집애처럼 짐짓 장난스러운 표정을 지으며 말했다.

一정말? 언제요?

라디오 채널을 찾고 있던 현수가 놀랍다는 듯 새삼 정희를 돌아보았다.

一중학교 때요.

一아니, 어떻게……?

一내가 중학교 다닐 때 옆 동네에 골프장이 새로 생겼거든요. 근데 초창기라 캐디가 많이 부족했어요. 그래서 손님이 몰리는 주말이면 골프장에서 차를 보내 지원자를 뽑아서 데려가곤 했어요. 우리가 다니던 학교가 골프장이랑 같은 재단이라 선생님들도 눈치껏 편의를 봐주었죠.

—그땐 아동노동착취 금지협정이 없었나보죠?

현수가 웃으며 말했다.

—박정희 정부 때니까 뭔 일인들 없었겠어요. 게다가 다들 집이 가난하니까 한푼이라도 아쉬운 마당이어서 서로 캐디로 뽑혀가길 원했죠. 그때 캐디로 나가서 받는 일당이 시골에선 꽤 큰돈이었거든요.

—그래도 중학생이면 키가 작아서 골프백이 질질 끌렸을 텐데……

—그랬죠. 그래도 다른 애들보단 잘했어요. 키는 작아도 우리 엄마가 튼튼한 심장을 물려주셨거든요.

튼튼한 심장과 작은 체구는 지구에서 오래 살아남기에 가장 이상적인 조건이었다. 그런데 왜 엄마는 예순도 되기 전에 세상을 떠난 걸까? 너무 가혹한 노동 때문이었을까? 아니면 아버지에게 너무 많이 맞아서? 정희는 엄마에 대한 생각을 애써 밀어내며 말을 이어나갔다.

—그때 같이 라운딩을 했던 캐디 언니가 가르쳐줬는데 손님이 티샷을 하면 옆에서 '나이스샷!'이라고 외치라는 거예요. 큰 소리로. 처음엔 어색해서 목소리가 나오지 않았는데 몇번 해보니까 재밌더라고요. 그래서 손님을 따라다니면서 계속 나이스샷을 외쳤는데, 한번은 손님이 공을 잘못 쳤나봐요. 그런 줄도 모르고 나는 나

이스샷! 하고 크게 소리를 질렀어요. 그랬더니 손님이 화가 나서 따귀를 때리더라고요. 오비가 났는데 누구 약 올리느냐며.

—저런 못된 놈! 그래서 어떻게 했어요?

방금 눈앞에서 벌어진 일인 양 현수가 분개했다.

—어쩌긴 뭘 어쩌겠어요? 그냥 숲 속에 가서 혼자 울고 말았죠.

—허, 참……

현수가 어이없다는 표정을 지었다.

—하지만 늘 나쁜 일만 있었던 건 아니에요.

잠시 후 정희가 다시 입을 열었다.

—한번은 이런 일도 있었어요. 일이 끝나서 집으로 돌아오는데 뒤에서 차가 빵빵거리는 거예요. 돌아보니까 낮에 제가 백을 들었던 손님이었어요. 의류회사 모델처럼 골프복이 썩 잘 어울리던 아저씨였는데 집까지 태워주겠다고 하더라고요. 그때 난 운전사가 딸린 자가용을 처음 타봤어요. 차 안이 어찌나 넓고 깨끗한지, 정말 내가 여기 타도 괜찮나 싶더라고요.

아버지 나이쯤 되었을까? 남자 손님은 마을의 목사처럼 부드럽고 따뜻한 미소를 짓고 있었고 포마드를 잔뜩 발라서 새까만 머리가 유난히 반짝거렸다. 아버지에게선 늘 싸늘한 소주 냄새와 야만적인 폭력의 냄새가 났지만 펭귄마크가 그려진 골프웨어를 입고 있는 그에게선 생전 처음 맡아보는 좋은 냄새가 났다. 그것이 아마도 부자의 냄새일 거라고, 어린 정희는 생각했다.

그날 남자 손님은 정희에게 저녁을 사주겠다고 했다. 그녀는 그저 얼굴이 새빨개져 고개만 숙이고 있었을 뿐 거절할 엄두도 내지 못했다. 그는 정희를 읍내에 있는 중국집으로 데려가 돼지고기인지 닭고기인지 모를 어떤 매콤한 음식을 시켰는데, 혀가 녹을 만큼 맛있었다. 정희는 부끄러운 줄도 모르고 입이 미어져라 고기를 쑤셔넣었다. 그것이 깐풍기라는 걸 알게 된 것은 그로부터 몇년이 지난 뒤였다. 그는 다정한 아빠처럼 온화한 미소를 띤 채 정희가 맛있게 먹는 모습을 지켜보다 입가에 묻은 양념을 휴지로 닦아주기도 했다.

그렇게 저녁을 먹고 집으로 돌아오는 길이었다. 기분이 이상했다. 그가 동네 어귀까지 데려다주었는데 집에 가까워질수록 마음이 불안해졌다. 집에 도착하면 그날 저녁에 있었던 일은 여름날의 꿈처럼 모두 사라지고 그의 좋은 냄새도 다시는 맡을 수 없을 거라는 생각에 깐풍기를 먹은 즐거움도 까맣게 잊고 갑자기 슬픔이 밀려왔다.

―아마도 내가 행복하다고 느꼈나봐요. 그래서 슬펐나봐요. 그 행복이 한순간의 기억만 남기고 영원히 사라진다고 생각하니까……

―그래서 어떻게 했어요?

―뭘 어떻게 해요? 그 남자가 나를 차에서 내려줬고 나는 그냥 집으로 돌아왔죠. 슬픔에 잠겨서……

정희가 희미하게 웃자 현수가 그녀의 머리를 끌어당겼다. 그리고 급하게 입술을 향해 다가왔다. 정희는 현수의 목에 팔을 둘러 입을 맞췄다. 이제 전깃줄의 피복을 벗겨내 불꽃이 튀는 걸 확인할 차례였다. 현수는 다리를 더듬다 손을 밑으로 내려 정희의 구두를 벗겨냈다. 그리고 마사지하듯 부드럽게 발을 매만졌다. 독특한 애무법이라고 생각하면서도 다리를 따라 진짜 전기가 흐르는 듯 하체가 찌릿찌릿했다. 현수의 혀가 입안을 헤집었다. 어느새 발을 만지던 손이 대범하고 자연스럽게 올라와 팬티 속으로 파고들었다. 정희는 천천히 다리를 벌렸다. 머리숱이 거의 없는 중년의 남자 의사였다. 산부인과에 간 건 그때가 처음이었다. 임신을 한 지 삼개월 만이었다. 정희는 무방비의 공포 앞에서 다리를 벌리고 눈을 질끈 감았다. 그런데 이상한 일이었다. 현실에서 진행되는 삶의 속도가 마음속에서 진행되는 속도를 빠르게 앞질러가고 있다는 석연찮은 기분과 함께 그날 이후 모든 게 조금씩 편해진 느낌이었다. 현수는 서두르지 않고 충분히 공을 들여 입구를 매만졌다. 나이가 들면 이렇게 다들 침착해지는 걸까? 그녀는 일찍이 섹스가 인생에서 차지하는 비중이 생각보다 크지 않다는 것을 깨달았다. 그저 집착일 뿐이라는 생각이 들 때도 있었다. 하지만 결핍이 생기면 집착은 욕망의 크기보다 더 부풀려져 영혼을 황폐한 사막으로 내던지기도 했다. 손가락이 천천히 몸을 밀고 들어오는 순간, 정희는 움찔하며 몸을 잔뜩 움츠렸다. 그녀는 차에서 내려야 한다는 사실이 너무 고통스러웠다. 그래서 차가 멈추지 않고 어디론가 계속 달려가기만을 바랐다. 남자 손님은 그녀의 목덜미를 어루만졌다. 천천히 부드

럽게. 어둠속에서 얼굴이 후끈거렸다. 독감에 걸린 듯 어지럽기도
했다. 무서웠다. 무서워서 아무런 생각도 하고 싶지 않았다. 남자의
손은 목을 내려와 잔뜩 움츠린 어깨를 부드럽게 매만졌다.

*

꽝!

바로 옆에서 폭탄이 터진 듯 큰 소리가 났다. 서로 부둥켜안고
애무를 하던 두사람은 깜짝 놀라 황급히 떨어졌다. 엄마! 자신도
모르게 비명이 튀어나왔다. 뭐지? 가슴이 쿵쾅거리며 뛰었다. 현수
도 놀란 듯 주위를 두리번거렸다. 앞 유리에 금이 가 있었다. 뭔가
단단한 물체가 날아와 부딪힌 모양이었다. 누가 차에 돌을 던진 걸
까? 정희는 겁에 질린 얼굴로 언덕 너머를 쳐다보았다. 현수도 놀
란 듯 얼굴이 하얗게 질려 있었다. 그는 차에서 내려 주위를 살펴
보다 발밑에서 뭔가를 발견하고 손으로 집어 올렸다. 하얀 골프공
이었다.

─놀랐죠? 골프공이 여기까지 날아온 모양이네요.

현수가 골프공을 들어 보이며 큰 소리로 웃었다. 그도 많이 놀랐
는지 웃음의 뒤끝에 작은 떨림이 느껴졌다. 정희는 갑자기 맥이 탁
풀리는 기분이었지만 떨리는 가슴은 쉽게 진정되지 않았다. 오히
려 금방이라도 터질 듯 심장은 더욱 심하게 두근거렸다. 잠시 산책
을 하며 한숨 돌리려는 생각에서였을까? 그녀는 옆으로 나 있는 작

은 숲길을 향해 걷기 시작했다. 구두도 벗어 던진 채 맨발이었다. 골프공을 들고 있던 현수가 어디 가느냐고 물었지만 대답하지 않았다. 오히려 자신도 모르게 점점 더 걸음이 빨라졌다. 그리고 급기야 수풀을 헤치고 달리기 시작했다.

분노에 대해 쓴 적이 있던가? 부끄러움은? 맨발에 밟히는 부러진 나뭇가지와 그악스럽게 옷자락을 붙잡고 매달리는 도꼬마리에 대해서는? 차에 치여 죽은 강아지는? 치와와였을까? 마치 바퀴가 터지듯 큰 소리가 났지만 차마 차에서 내릴 용기가 없었지. 엄마…… 글을 못 깨쳐 그녀의 소설을 읽을 수도 없었던 엄마에 대해서는? 밤마다 아버지에게 두들겨 맞아 앞니가 다 부러져 말을 할 때마다 손으로 입을 가렸던 엄마의 이야기는? 구불구불 뱀처럼 끝도 없이 이어진 밭고랑 저 끝에서 뒤꿈치를 따라오는 수치심에 대해 쓴 적이 있던가?

정희는 거대한 분묘가 와르르 무너지는 소리를 들었다.

남자 손님의 손길이 교복치마 속을 파고들었을 땐 숨이 막힌 듯 목에서 꺽꺽대는 소리가 났다. 그런데 왜 마을에 도착해 차에서 내려주었을 땐 마치 고아가 된 듯 버림받은 기분이 들었을까? 그래서 울었던가? 자신이 가난하고 더러운 촌년처럼 느껴져서? 딱딱하게 굳은 얼굴, 자신에게 무슨 일이 벌어졌는지도 알지 못한 채 어둠속에 서 있던 소녀의 혼란스런 감정에 대해 쓴 적이 있던가?

정희는 그 자리에 우뚝 멈춰 섰다. 이름 모를 새들이 지저귀는 소리가 가까이 들렸다. 햇빛이 잣나무 가지를 뚫고 들어와 정희의 얼굴에 쏟아졌다. 언젠가 그런 햇빛이 비치는 공원에서 사진을 찍은 적이 있다. 감색 머플러를 두르고 벤치에 앉아 고개를 돌린 채 사색에 잠겨 있는 우아한 여류 작가의 사진은 인터뷰 기사와 함께 한 패션지에 실렸다. 거짓 이미지들…… 그녀는 오랫동안 그런 이미지에 둘러싸여 살았다. 그날 어둠속에 버려진 수치심을 잊기 위해서였을까? 그녀는 그 거짓 이미지들을 더욱 단단한 것으로 만들기 위해 애썼다. 밤마다 스탠드를 켜놓고 뭔가를 끼적거리면서. 그것이 진짜 삶이라고 믿으면서.

　　—아니, 맨발로 도대체 어딜 가는 거예요?
　　뒤따라온 현수가 가쁜 숨을 몰아쉬며 물었다. 맨발? 정희는 자신의 발을 내려다보았다. 작고 단단한 발이었다. 그제야 새삼 뭔가에 찔린 듯 날카로운 통증이 발바닥에 느껴졌다. 하지만 참을 만했다.
　　—그만 돌아가요.
　　정희가 현수를 돌아보며 말했다.
　　—저쪽에 희릉도 있는데 안 가볼 거예요?
　　—예, 그냥 가요.
　　정희는 맨발로 성큼성큼 숲길을 걸어나가며 대답했다.
　　—죽은 왕들이 뭘 어쩌겠어요.

파
충
류
의

밤

잠으로 가는 길은 멀다. 태양이 지구 반대편을 돌아 다시 동쪽 하늘에 나타날 때까지 잠을 이루지 못하는 날이 많다. 몸은 누워 있으되 의식은 깨어 있어 이리저리 밤을 뒤치다 창밖이 희붐하게 밝아오면 머릿속이 하얗게 재가 된 듯 지독한 절망감에 눈을 뜨곤 한다. 새벽 두시, 어둠이 거대한 산맥처럼 눈앞을 가로막고 있다. 갈 길이 멀다.

어깨가 아프다. 그녀는 반대편으로 돌아눕는다. 똑바로 누우면 토막잠조차 이룰 수가 없다. 방 안의 묵직한 어둠이 가슴을 짓누르는 기분에 어느 쪽으로든 웅크려야 한다. 얼굴을 베개에 구겨넣다시피 파묻어야 겨우 숨을 쉴 수 있다. 그렇게 밤새 짓이겨진 어깨는 늘 아프다고 호소한다. 그 때문에 병원에 가서 엑스레이도 찍었다. 사진엔 아무것도 나타나지 않았다. 의사는 정밀검사가 필요하다고 했지만 처방전만 받아서 집으로 돌아왔다. 근육을 이완시켜준다는 약은 아무 도움이 되지 않았다.

수면제를 한알 더 먹을까? 다시 돌아누우며 생각한다. 하지만 다음 날 죽은 해파리처럼 흐느적거리고 싶지 않다면 참아야 한다. 더 먹어봤자 머리만 흐리멍덩해질 뿐, 별 효과가 없다는 걸 안다. 결국 후회와 환멸로 끝날 처방이다. 그럼에도 잠에 대한 갈망에 어쩔 수 없이 자꾸만 푸른 알약을 떠올린다.

차라리 잠을 포기해봐, 수경 씨. 나도 이혼하고 나서 한동안 불면증에 시달렸는데 하루에 여덟시간씩 잠을 자야 한다는 건 편견일 뿐이다, 그렇게 편하게 마음먹고 침대에서 나와 책을 읽고 영화를 보면서 밤을 새웠어. 밤새 집 안 청소도 하고 요리도 해 먹고. 시간이 남아도니까 나름 괜찮은 점도 있더라고. 그렇게 일주일을 보내고 주말에 텔레비전을 보려고 침대에 누웠는데, 언제 잠이 들었는지 모르게 곯아떨어졌고, 깨어보니 월요일 아침이었어. 이틀 동안 시체처럼 잠만 잔 거지. 그후엔 거짓말처럼 불면증이 싹 없어졌어.

십년 넘게 함께 일한 영업부장이 해준 말이었다. 하지만 그런 극단적인 처방도 그녀에겐 소용없었다. 부장과 달리 그녀는 잠을 못 자면 기운이 없어 원고조차 눈에 들어오지 않았다. 텔레비전을 틀어놓아도 무슨 내용인지 이해할 수 없었다. 먹는 것조차 고통이었다. 그래서 밥을 먹고 나면 소화제를 먹어야 했고 잠을 자려면 수면제를 먹어야 했다. 낮엔 온종일 머리가 지끈거려 진통제를 또 먹어야 했다. 부장은 그것을 화학적 인생이라고 했다. 자신은 거기에 더해 섹스를 하려면 비아그라까지 먹어야 한다고 했다. 그래도 그것이 물리적 인생보다는 낫다고 했다.

물리적 인생은 또 뭐예요?

발기가 아예 안되면 비아그라도 소용없거든. 그래서 어쩔 수 없이 보형물을 삽입해야 하는 사람도 있어. 난 아직 그 정도는 아니니까 다행이지, 뭐.

그리고 낄낄대며 웃었다. 평생 출판영업으로 먹고산 그는 쉰살이 넘어 아내와 이혼하고 몇년째 원룸 오피스텔에서 혼자 살고 있는데, 영업을 핑계로 늘 술에 절어 있어 과연 섹스 상대나 있을지 의심스러웠다.

*

멀리서 누군가 우는 소리가 들린다. 환청일까? 스무가구가 넘게 모여 사는 연립주택엔 밤낮으로 소리가 끊이질 않는다. 변기 물 내려가는 소리에, 부부싸움하는 소리, 뭔가 깨지는 소리, 도둑고양이 우는 소리…… 꿈인 듯 생시인 듯 소리는 언제나 그녀의 귓가를 맴돈다. 그것은 꿈과 뒤섞여 현실인지 아닌지 알 수 없는 비무장지대로 들어선다. 아직 의식은 깨어 있지만 또렷하진 않은, 미처 잠으로 넘어가지 못한 회색 지대. 그녀는 그 가수면의 공간에 갇혀 빠져나오지 못한다. 처음 불면이 시작된 것도 바로 그 지점에서였다.

오년 전이었다. 잠이 막 들려는 순간, 바로 귓가에서 펑! 폭죽이 터지듯 큰 소리가 났다. 누군가 귀에 대고 악을 쓴 것처럼 생생한 소리였다. 그녀는 비명을 지르며 침대에서 뛰어올랐다. 심장은 터질 듯 두근거렸고 숨을 쉬기도 어려웠다. 가쁜 숨을 몰아쉬며 귀를 기울여보았지만 소리의 출처를 찾을 수 없었다. 이후 몇번 더 놀라 깨는 일이 반복되자 비로소 그녀는 소리가 나는 곳이 다름 아닌 자신의 머릿속이라는 것을 깨달았다. 환청이었다. 잠이 들 때마다 어김없이 귀에서 폭죽이 터졌다. 아니, 폭죽소리라고 생각한 건 착각이었다. 사나운 짐승이 울부짖는 소리 같기도 했고 자동차가 충돌하는 소리처럼 들리기도 했다. 때론 그 차에 치여 누군가 비명을 지르는 것 같기도 했고 무언가 으르렁거리며 목덜미를 덥석 무는 듯한 기분도 들었다. 침대에 눕는 것조차 두려웠다. 뭔가 끔찍한 일이 생긴 것 같았다.

무슨 일을 하시죠?

출판사에 다녀요.

하시는 일이 스트레스를 많이 받는 일인가요?

아뇨, 평생 해온 일인데요, 뭘.

가정의학과와 신경과를 거쳐 마침내 정신과에 이르렀을 때, 그녀는 지칠 대로 지쳐 있었다. 그래서 무거운 짐을 내려놓듯 의사의 질문에 순순히 대답했다.

결혼은요?

아직 미혼이에요.

젊은 의사는 차트에 기재된 환자의 나이와 그녀의 얼굴을 번갈아 들여다보다 뭔지 알겠다는 듯 고개를 끄덕였다. 미혼과 폭죽 사이의 상관관계를 찾아낸 표정이었다.

좀더 경과를 봐야겠지만 자율신경에 이상이 있는 것 같습니다. 잠이 들려고 하면 그것을 죽는 것으로 잘못 인지하는 거죠. 그래서 환자분을 깨우려고 뇌에서 강력한 신호를 보내는 겁니다. 오작동인 셈이죠.

그는 딱히 병명을 짚어 말하지 않았지만 공황이니 실조니 하는 단어들이 입에서 흘러나왔다. 어려운 한자를 쓸 것 같은, 그래서 불치병 같은 어감을 주는 그 낯선 단어들에 그녀는 더럭 겁을 먹었다. 텅 비고 황폐한, 두려워 어쩔 줄 모르는, 조화를 잃어 모든 게 흐트러진, 어딘가 깊은 곳으로 대책 없이 떠내려가는, 그런 느낌이었다.

쿵!

문득 벽을 망치로 두드리듯 둔중한 소리가 들렸다. 그녀는 놀라 눈을 떴다. 그리고 어느 쪽에서 소리가 나는지 고개를 두리번거렸다. 다시 환청이 시작된 걸까? 어둠속에서 탁상시계의 불빛이 깜박이고 있었다. 겨우 한시간 남짓 잔 것 같았다. 더 자기는 틀렸다. 그날 그녀에게 배당된 잠은 한시간뿐이었다. 그때 다시 한번 쿵, 하는 소리가 들렸다. 분명 환청은 아니었다. 바닥에 미세한 진동도 느껴졌다. 소리는 침실과 마주한 옆집 벽에서 나는 듯했다. 이 새벽에 못이라도 박는 걸까? 미친 인간들…… 그녀는 벽에 귀를 기울였다. 하지만 더는 소리가 들리지 않았다. 역시 환청인 걸까?

이젠 약도 소용이 없어요. 어떡하면 좋죠?

그녀는 의사에게 애원하다시피 매달렸다. 그는 칭얼거리는 어린 아이를 달래듯 차분하게 설명했다.

환자분이 너무 심각하게 생각하시는 것 같은데, 이렇게 한번 생각해볼까요? 살다보면 누구나 문제가 생길 수도 있다, 그런데 그게 몸속에서 자라나는 암덩어리도 아니고 뇌를 파먹어들어가는 치매도 아니다, 그러면 어느정도 견딜 만하다는 생각이 들지 않나요? 그저 잠일 뿐인데 말입니다.

그는 마치 네가 잘못했지만 내 너그럽게 용서해주마, 하는 듯한 표정이었다. 그녀는 자신을 도와줄 사람이 아무도 없다는 걸 깨달았다. 울음이 날 것 같았다. 하지만 자신보다 한참 나이가 어린 의사 앞에서 울 수는 없는 노릇이었다.

노란 알약, 하얀 알약, 파란 알약을 번갈아가며 먹었다. 폭죽소리는 겨우 사라졌지만 대신 잠을 잘 수 없었다. 그가 처방해준 약은 의식과 잠 사이의 비무장지대로 그녀를 내동댕이쳤다. 그녀는 밤새 어둡고 거친 숲 속에서 방황해야 했다. 그동안 어디에 숨어 있었는지 온갖 끔찍한 소리와 이미지의 봉인이 풀린 듯 제멋대로 튀어나와 머릿속을 헤집고 다녔다. 그 형상은 언제나 슬프고 무섭고 수치스러웠다. 그래서 깨고 나면 죽고 싶을 만큼 끔찍하고 더러운 기분에 사로잡혀 망연자실, 오랫동안 베개를 끌어안고 침대 구석에 웅크리고 있어야 했다.

*

플라스틱 의자 옆엔 담배꽁초가 몇개 떨어져 있었다. 그리고 누군가 바닥에 침을 잔뜩 뱉어놓았다. 근처에 사는 학생들 짓인 것 같았다. 처음 담배를 배우면 아무래도 입이 써서 자주 침을 뱉게 마련이다.

연립주택 옥상은 여기저기 방수작업을 한 흔적과 사방에 뒤엉켜 있는 전선들로 지저분했지만 바로 아래층이 그녀의 집인데다 계단 벽 뒤로 돌아가면 주민들 눈에 띌 염려가 없어 흡연을 즐기기엔 맞춤이었다. 게다가 누군가 낡은 플라스틱 의자까지 갖다놓아 느긋하게 앉아 뒷산의 풍경을 감상할 수도 있어 그녀가 지난봄부터 흡연장소로 정해둔 터였다.

그녀는 몇년째 담배를 끊으려고 애썼지만 번번이 실패했다. 그래서 단번에 끊는 걸 포기하고 차츰 담배를 멀리하는 중이었다. 처음엔 침대에서 피우는 걸 스스로 금지했고 다음엔 서재에서 담배를 몰아냈다. 그뒤 한동안 베란다에서 담배를 피우다 지난해부턴 아예 집 안에서 담배를 피우지 않기로 마음먹었다. 그렇게 건물 복도를 거쳐 종국엔 맨 꼭대기 옥상까지 연기를 밀어냈지만 담배와

완전히 이별할 순 없었다.

쏴……

바람이 은사시나무 숲을 흔들고 가는 소리가 계곡의 물소리처럼 축축했다. 어스레한 스카이라인이 거대한 봉분처럼 북쪽 하늘에 걸쳐 있었고 그 위로 구름이 답답하게 내려앉았다. 장마철이 가까워오고 있었다. 의자에 기대앉아 뒷산을 바라보는 동안 눈꺼풀이 점점 더 무거워졌다. 다들 일하러 나간 대낮에 옥상에 올라가 혼자 담배를 피우는 여자가 있다는 걸 주민들은 알까? 피식, 헛웃음이 났다. 미친년……

그녀가 연립주택으로 이사 온 것은 회사를 그만두고 아파트를 팔아 해외여행을 다녀온 뒤의 일이었다. 이십년 가까이 다닌 회사를 그만둔다고 했을 땐 다들 만류했다. 그동안 그녀가 지키고 있던 자리가 하도 굳건해 아무도 그녀가 없는 편집부를 생각할 수 없었다. 사장도 잔뜩 겁을 먹고 유럽여행이라도 잠깐 다녀오라며 보너스를 두둑이 챙겨주었다. 그렇게 시작된 해외여행은 일년이 넘도록 끝나지 않아 경비를 충당하기 위해 전재산이나 다름없는 아파트를 팔아야 했다.

그녀의 여행기는 불면의 기록이었다. 무수히 많은 곳을 돌아다녔지만 머릿속에 남아 있는 풍경은 거의 없었다. 그저 잠을 어디서 어떻게 잤느냐 하는 기억뿐이었다. 아프리카에선 어느 곳을 막론하고 통 잠을 못 잤고 남미는 그나마 나았지만 하루 세시간을 넘기진 못했다. 스위스는 다른 어떤 나라보다 잠이 잘 오는 나라였지만 물가가 너무 비싸 오래 머물 수 없었다. 이딸리아는 그보다 쌌지만 산맥을 하나 넘었을 뿐인데도 이상하게 도통 잠을 이룰 수 없었다. 뉴질랜드는 잠이 잘 오는 나라여서 이례적으로 석달간 머물기도 했다. 이 때문에 그녀는 자신의 몸이 극지방에 민감하게 반응하는 자성을 가진 게 아닌가 생각한 적도 있다. 하지만 노르웨이에선 전혀 잠을 잘 수 없어 곧 그 생각도 틀렸다는 게 밝혀졌다.

그녀의 편력은 잠잘 거처를 찾아다니는 여정이었지만 세상 어디에도 편히 잠들 수 있는 곳은 없었다. 일년 넘게 세계를 떠도는 동안 몸무게가 팔 킬로그램 빠졌다. 그녀는 심각한 기아상태가 되어 늘 수행자처럼 긴 옷으로 몸을 가린 채 자신에게 주어진 무의미한 고통에 대해 생각했다. 신은 왜 자신에게 잠을 허락하지 않는 걸까? 잠들지 않고 깨어 있음으로써 무엇을 얻고자 하는 것일까? 자신에게만 주어진 특별한 소명이 있는 걸까? 그 불면 뒤에 숨겨진 의미는 도대체 뭘까? 고갱이 황색의 그리스도를 그렸다는 프랑스 퐁타벤의 한 성당 안에서 그녀는 하염없이 울었다. 오체투지, 자신을 내려놓고 신에게 모든 걸 맡길 수 있는 삶은 얼마나 행복할까, 목이 메었다. 어떤 초월적 존재에 의지하고 싶은 강렬한 희원에 몸을 떨었다. 하지만 그런 종교적 욕구도 잠시뿐이었다. 그녀는 다시 광야로 내동댕이쳐졌고 얼마 뒤 한국으로 돌아왔다.

잃은 건 아파트만이 아니었다. 여행을 끝내고 돌아온 지 석달이 지나도록 출판사에선 복직에 대한 언급이 없었다. 그녀가 없으면 회사가 당장 문을 닫을 것처럼 호들갑을 떨던 사장도 여러 구차한 핑계로 차일피일 결정을 미뤘다. 회사는 그녀의 부재에도 불구하고 아무 일 없이 잘만 돌아가고 있었다. 결국 그녀는 메이저 출판사 편집장에서 프리랜서 출판기획자로 물러나 앉았다. 주로 가벼운 에세이류의 책을 만드는 일이었다. 출근을 하지 않아 심간은 편해졌지만 소득은 줄어들었다.

긴 여행을 통해 얻은 것도 있었다. 언제부턴가 지독한 불면을 자신에게 주어진 삶의 조건으로 받아들이게 된 거였다. 완전한 체념이었다. 더는 애면글면 잠을 이루려고 애쓰지 않았고 체내에 중금속이 축적되듯 피로가 쌓여 당장 쓰러질 것 같아도 울지 않았다. 다만 깊고 달콤한 잠에 대한 갈망과 아득한 상실감만이 그녀의 깡마른 몸에 선명하게 남아 있었다. 그렇게 불면을 껴안고 어두운 방 안에서 뒤척거리는 동안 그녀가 탄 비행기는 서서히 랜딩을 준비하고 있었다. 어느새 오십이 코앞에 다가와 있었던 것이다.

*

선뜻한 기운에 눈을 떴다. 바람이 불고 있었다. 옥상 의자에 앉아 담배를 피우다 깜박 잠이 든 모양이었다. 얼마나 잤을까? 짧지만 오랜만에 맛보는 달콤한 순간이었다. 뒤를 돌아보니 저 멀리 남쪽 들판에서 소나기가 몰려오고 있었다. 마른 뺨에 간간이 빗방울이 부딪혔다. 하지만 그녀는 나른한 잠의 여운을 놓치고 싶지 않아 의자에 그대로 앉아 있었다.

순식간에 사방이 어두워지고 옥상 바닥에 점점이 빗방울이 떨어지기 시작했다. 거센 바람에 머리카락이 휘날리고 조금씩 굵어지는 빗줄기에 옷이 젖어들었지만, 그녀는 꿈쩍도 않고 앉아 비바람에 휘감긴 은사시나무 숲을 바라보았다. 그리고 문득 비와 천적을 피해 작은 눈을 끔벅이며 축축한 바위틈에 숨어 있을 우울한 파충류들을 떠올렸다.

그날, 옥상에 앉아 비를 맞던 그녀가 파충류를 떠올린 건 얼마 전 함께 술을 마신 한 소설가와의 대화 때문이었을 것이다. 술에 취한 그녀가 자포자기의 심정으로 자신의 귀에서 들리던 끔찍한 소리와 끝을 알 수 없는 비무장지대에 대해, 그리고 하루에 두시간 밖에 잘 수 없는 불면에 대해 털어놓자 그는 난데없이 파충류 얘기를 꺼냈다.

지금 지구는 포유류의 시대지만 오래전 파충류는 인류보다 훨씬 더 오랫동안 이 땅의 지배자였지요. 수경 씨 머릿속에서 들리던 정체를 알 수 없는 소리는 아마도 그 파충류가 울부짖는 소리였을 겁니다.

도대체 이 작자가 무슨 궤변을 늘어놓으려는 거지? 그녀는 취한 눈으로 머리가 희끗해져가는 소설가를 바라보았다. 젊은 시절, 독특하고 신선한 필치로 주목받던 그는 문학상을 받을 만큼 받고 나자 차츰 세상의 관심으로부터 멀어져 뭔가 시들해진 느낌으로 오십대를 맞고 있었다.

우리 뇌가 세개의 겹으로 둘러싸여 있다는 건 알고 있죠? 인간의 뇌라고 불리는 대뇌피질과 포유류의 뇌인 변연계, 그리고 파충류의 뇌라고 하는 뇌간이 바로 그것인데, 뇌간은 기억이나 학습을 관장하는 대뇌피질이나 감정을 다스리는 변연계와 달리 저 밑바닥에서 조용히 생명을 유지하는 데 필요한 활동을 하죠. 까마득한 옛날 파충류의 본능을 간직한 채 말입니다. 그런데 뭔가 수경 씨의 자율신경에 이상이 생겨 무의식의 빗장이 풀려버린 겁니다. 뇌간 깊숙한 곳에 잠들어 있던 파충류의 기억을 일깨운 거죠. 그래서 잠에서 깨고 나면 그렇게 무섭고 끔찍한 기분이 든 겁니다.

파충류의 기억이요?

그래요, 파충류의 삶이 어땠을지 한번 상상해보세요. 지금 인류처럼 평화롭고 조화로운 생태계를 이루고 있었을까요? 요즘 같은 질서와 안전이 보장됐을까요? 절대 그럴 리가 없었겠죠. 사방에선 천적이 날뛰어 늘 죽음이 코앞에 와 있고 먹이는 너무 빨라 굶주림은 일상이 되었을 겁니다. 변화무쌍한 기후도 엄청난 위협이었을 테고요. 그래서 목숨을 부지하는 것만이 유일한 목표였지만 그 목표는 언제나 실패로 끝나고 말았겠죠. 장담컨대 죽음은 언제나 천적에 의한 살해나 사고의 형태였을 겁니다. 운이 좋은 몇몇 파충류만이 자손을 남겼을 테고. 그런 처절한 생멸의 역사가 무려 일억 오천만년이 넘습니다. 그러니 우리의 뇌간 속에 그 기억이 남아 있을 수밖에 없지 않겠습니까?

공룡이 멸종한 게 언제인데 그게 어떻게 우리 기억에 남아 있다는 거예요?

엉뚱한 비약에 짜증이 난 그녀가 따지듯 물었다.

태초에 생명이 진흙에 숨을 불어넣어 시작됐든, 우주에서 날아온 먼지가 아미노산과 결합해 생성됐든 우리는 분명 그 생명과 연결되어 있습니다. 그동안 개체의 죽음은 수없이 반복됐지만 각 개체는 자신의 삶을 유전자에 기록으로 남겨 후세에 전해줬고 죽음을 통한 끝없는 갱신과 진화를 통해 여기까지 온 거죠. 그러니까 우리는 각자 고립된 개체도 아니고 백년도 못 사는 유한한 존재가 아닙니다. 우리는 기나긴 지구 역사 속에서 하나로 연결된, 수억 수천만년간 이어져온 불멸의 생명체입니다.

갈수록 태산이었다. 하지만 그의 목소리엔 애서 감정을 삼가는 차분함 가운데 신앙고백처럼 엄숙한 기운이 서려 있었다. 그래서 더는 그의 의견에 반박할 수 없었다.

그럼 선생님도 그런 경험이 있으세요? 미처 잠으로 넘어가지 못한 가수면의 상태에서 온갖 끔찍한 소리와 이미지에 시달리는 그런 경험 말이에요.

난 잘 때마다 티라노사우루스에게 잡아먹히는 꿈을 꿔요. 내 뇌간 속엔 초식공룡의 기억이 남아 있나봐요.

두사람은 함께 웃었지만 당시 그녀는 그의 말을 귀담아듣지 않았다. 그저 요즘 그가 공상과학이나 판타지에 빠진 게 아닌가 의심했다. 아니면 한물간 작가가 술자리 안주 삼아 늘어놓는 부질없는 궤변이거나. 그런데 그날 비에 젖은 숲을 바라보며 그녀는 엉뚱하게도 소설가가 들려준 파충류에 대한 이야기가 떠올랐다. 과연 그의 말대로 단단한 막에 둘러싸여 있던 파충류의 봉인된 기억이 잘못 풀려난 걸까? 그래서 마치 달밤에 관 뚜껑을 열고 나온 흡혈귀처럼 제멋대로 날뛰는 걸까? 파충류들이 숨어 있을 은사시나무 숲은 어둑신한 형상으로 비를 맞으며 그녀가 살고 있는 가난한 연립주택단지를 묵묵히 굽어보고 있었다. 사방에 빗소리가 요란했다. 그녀의 옷은 비에 흠뻑 젖은 채 바람에 나부꼈다. 그런데도 그녀는 꿈쩍 않고 앉아 맞은편 숲을 노려보았다. 마치 그곳에 불면의 해답이라도 있다는 듯.

*

사내아이의 이마엔 커다란 혹이 나 있었다. 애써 앞머리를 내려 가려보려고 했지만 이마 한가운데에 있는 시퍼런 멍을 가리기엔 머리가 너무 짧았다. 그녀는 담배를 피우며 아이 쪽을 힐끗거렸다. 중학교에 다닌다는 옆집 아이는 시선을 의식한 듯 자꾸만 고개를 돌렸다. 오래전, 그녀가 낙태를 하지 않았다면 비슷한 또래의 아이가 있었을 터이지만 그애는 세상에 나올 수 없는 아이였다.

알고 보니 범인이 너였구나.

그녀는 담배연기를 내뿜으며 무심하게 중얼거렸다.

뭐가요?

아이가 고개를 들어 쳐다보았다. 눈빛이 외로워 보였다. 너무 외로워서 절망적인 기분이 들 정도였다. 도대체 얼마나 세게 머리를 부딪쳐야 저렇게 커다란 멍이 생기는 걸까? 그리고 저렇게 자해를 해서까지 잊고 싶은 고통은 뭘까? 차마 눈길을 부딪칠 수 없어 그녀가 먼저 고개를 돌렸다.

한밤중에 이상한 소리가 나서 난 누가 벽에 못을 박나 했거든.

그제야 아이는 무슨 말인지 알아듣고 고개를 숙였다.

난 밤에 잠을 거의 못 자는 편이야. 그래서 잠귀가 밝아.

담배를 피우러 옥상에 올라왔을 때, 그녀는 먼저 의자를 차지하고 앉아 담배를 피우고 있던 소년을 발견했다. 몇번 얼굴을 마주친 적이 있는 옆집 학생이었다. 그녀는 황급히 담뱃불을 끄고 도망가려는 아이를 불러세웠다. 담배를 피워도 괜찮으니 굳이 도망갈 필요 없다고, 마침 혼자 심심했는데 같이 피우자고 했다. 그는 별 이상한 어른을 다 보겠다는 듯 잠시 어리둥절한 눈으로 쳐다보다 생각하기도 귀찮다는 몸짓으로 바닥에 털썩 주저앉았다.

근데 엄마한테 이르지 않을 거죠?

담배를 피우던 아이는 바닥에 퉤, 침을 뱉으며 물었다. 아무래도 어른은 믿지 못할 존재라고 생각하는 모양이었다. 그래도 의자를 양보한 걸 보면 아무 생각이 없지는 않아 보였다.

걱정 마. 내가 왜 쓸데없이 남의 집에 분란을 일으키겠니?

그녀는 빙그레 웃어 보였다.

근데 그거 엄마 담배니?

아이가 들고 있는 담뱃갑을 가리키자 그는 어떻게 알았느냐는 얼굴로 쳐다보았다. 소년의 엄마와는 계단참에서 여러번 마주친 적이 있었다. 그녀는 오래전 이혼하고 사내아이와 단둘이 살고 있다고, 물어보지도 않은 얘기를 털어놓았다. 지어낸 듯한 말투와 또래 여자답지 않은 대담한 옷차림으로 미루어보아 유흥업에 종사하는 듯했다.

원래 남자들은 멘솔을 잘 안 피우거든.

그녀의 말에 아이는 새삼 자신이 들고 있는 담뱃갑을 바라보았다. 앞으로 더는 멘솔을 피우지 않을 것 같은 눈치였다.

왜 그랬는지 물어봐도 되니?

그녀가 조심스럽게 눈치를 살피며 물었다.

뭐가요?

아이는 공격적인 눈빛으로 그녀를 힐끗 올려다보았다. 사랑을 받지 못한 존재들의 밑바닥엔 언제나 분노가 똬리를 틀고 있게 마련이다.

그러니까 왜 머리를 벽에……?

그냥요.

그냥 왜?

그냥 다 짜증나서요.

소년은 맞은편 숲 쪽으로 눈길을 돌렸다. 그녀의 질문조차 다 짜증난다는 뉘앙스였다. 이에 그녀는 입을 다물고 아이와 함께 은사시나무 숲을 바라보았다. 사람들은 저마다 십자가를 하나씩 지고 있다. 아이의 십자가가 자신이 지고 있는 십자가보다 결코 가벼울 거라는 생각은 들지 않았다. 소년의 나이였을 때 적어도 그녀의 눈빛에선 그런 서늘한 절망과 외로움은 없었을 테니까.

그런데 아줌마는 왜 잠을 못 자요?

잠깐의 침묵이 무료했는지 소년이 그녀에게 호기심을 보였다.

글쎄……

아이의 물음에 한숨부터 나왔다.

아마도 파충류 때문이 아닐까?

파충류요? 뱀 같은 거 말이에요?

소년이 놀란 눈으로 쳐다보았다. 뱀? 그래, 악어와 함께 지구에 외롭게 남아 차가운 땅바닥에 배를 끌고 다니는 파충류의 후손들……

몰라. 그냥 잠을 잘 수가 없어. 그 이유를 몇년째 찾고 있는데 아직 못 찾았어.

그녀는 아이에게 파충류에 대한 이야기를 길게 설명할 자신이 없었다.

잠이 안 올 때 저는 갈매기 소리를 들어요.

갈매기? 여기 갈매기가 있어?

그녀가 고개를 두리번거리며 물었다.

그게 아니고……

아이는 주머니에서 휴대전화를 꺼냈다. 그리고 잠깐 뭔가를 조작하더니 그녀의 귀 가까이 대주었다.

끼룩, 끼룩, 끼룩, 끼룩……

과연 휴대전화에선 갈매기 소리가 들렸다. 실제 바닷가에 온 듯 자연스러운 소리였다.

이걸 네가 직접 녹음한 거니?

아뇨, 이런 앱이 있어요. 잠잘 때 틀어놓는. 아줌마도 다운로드해서 한번 들어보세요.

그렇구나. 그런데 웬지 갈매기 소리는 너무 처량해서 잠이 더 안 올 것 같다.

다른 소리도 많아요. 빗소리, 바람소리, 파도소리……

소년은 옥상에 앉아 여러가지 다양한 소리를 들려주었다. 계곡의 물소리, 장작불 타는 소리, 공원의 아침 지저귀는 참새소리……

*

후드득, 창문에 빗방울 부딪히는 소리가 방 안에 가득했다. 실제 비 내리는 소리는 아니었다. 얼마 전 옆집 아이가 가르쳐준 앱에서 들리는 소리였다. 그녀가 선택한 소리는 '빗발치는 창문'이었다. 그녀는 어둠속에서 빗소리를 들으며 팬티 속에 손을 넣었다. 그녀의 여성은 불면과 함께 오랫동안 깡마른 불두덩 아래 잠들어 있었다. 그래서였을까? 넓지도 않은 팬티 안을 한참 더듬었는데도 남의 몸인 듯 클리토리스가 손가락에 집히지 않았다. 가뜩이나 퇴화한 기관이 이젠 아예 사라져버린 걸까?

한동안 자위에 몰두한 적이 있다. 순전히 잠을 자기 위해서였다. 팽팽한 절정의 긴장 뒤에 찾아오는 나른한 만족감이 그녀를 몇 번 잠으로 데려다준 적이 있었다. 하지만 섹스와 수면을 연결하려는 처절한 시도는 대개 실패로 끝났다. 절정은 인색한 행운처럼 드물게 찾아왔고 잠은 그보다도 더 인색했다. 그런데도 그녀는 자주 자위를 시도했다. 매번 실패로 끝날 걸 알면서도 혹시 그녀를 다시 잠으로 데려다주지 않을까 하는 간절한 기대 때문이었다.

그녀는 겨우 찾아낸 클리토리스를 필사적으로 문질렀다. 하지만 좀처럼 집중이 되지 않았다. 절정에 도달하는 건 깊은 잠을 자는 것만큼이나 절망적이었다. 손목이 아프도록 움직였지만 방 안이 온통 물에 잠긴 듯 축축한 기분에 불똥조차 튀지 않았다. 참담한 기분에 눈물이 날 것 같았다. 그녀는 머리맡에 있던 휴대전화를 들어 벽에 힘껏 집어 던졌다. 삽시간에 빗소리가 사라졌다.

*

영업부장이 오피스텔에서 목을 매 자살했다는 소식을 들었을 때 그녀는 그것이 파충류가 울부짖는 소리만큼이나 낯설고 혼란스러웠다. 도대체 멀쩡하던 그가 왜? 며칠째 아무런 연락도 없이 회사에 나오지 않자 출판사 부하직원이 오피스텔로 직접 찾아간 모양이었다. 관리실 직원의 도움으로 문을 열었을 때 부하직원은 지옥을 보았다고 했다.

오피스텔 한가운데엔 침대도 없이 매트리스 하나만 달랑 놓였는데, 그 위엔 토한 자국이 그대로 남아 있었고 바닥엔 빈 술병이 가득 차 발 디딜 틈조차 없었다. 족히 수백병은 될 거라고 했다. 장마철의 오피스텔은 부장의 시신과 함께 모든 게 부패하고 있어 코를 싸쥘 만큼 악취가 심했다. 한번도 청소한 흔적이 없었고 음식을 해먹은 흔적도 없었다. 냉장고엔 빈 생수병만 한병 달랑 남아 있었다. 그리고 다량의 수면제와 비타민 한상자가 발견되었다.

부장도 여전히 불면에 시달렸던 걸까? 그래서 그렇게 죽어라고 술을 퍼마신 걸까? 그녀는 얼마 전 만났던 그의 넉살 좋은 얼굴이 떠올랐다. 파충류의 기억이 어쩌니 하며 궤변을 늘어놓던 소설가의 낭독행사 뒤풀이 때였다. 부장은 여전히 쾌활했고 시쳇말로 빵빵 터지는 농담을 연달아 터뜨렸다.

뒤풀이가 끝난 뒤 부장은 맥주나 한잔 더 하자며 그녀를 붙잡았다. 여느 때 같으면 빨리 들어가라며 등짝이나 한대 때려주었을 텐데 그날은 왠지 거절하면 안될 것 같은 느낌이 들었다. 호프집으로 자리를 옮겨 맥주잔을 앞에 놓고 앉았을 때, 그는 뒤풀이에서 힘을 너무 많이 썼는지 어딘가 맥 빠진 얼굴이었다.

요즘 잠은 잘 자?

여전하죠, 뭐.

부장은 말없이 고개를 끄덕이다 맥주를 벌컥벌컥 들이켠 뒤, 지나가는 말처럼 툭 내뱉었다.

수경 씨, 나 회사 사표 낼 테니까 우리 어디 같이 여행이나 갈까?

뜻밖의 말에 놀라 쳐다보니 부장은 빙그레 웃고 있었다. 농담인지 진담인지 모를 모호한 표정이었다.

여행? 어딜 가려고요?

뭐, 보라카이도 좋고, 푸껫도 좋고. 아무 데나 해변이 있는 데 가
서 조용히 쉬다 오지, 뭐. 생각해보니까 출판 밥 삼십년 동안 마음
놓고 제대로 한번 쉬어본 적이 없더라고.

그는 출판 쪽 일을 한 지 이십년이 조금 넘었는데도 늘 입버릇처
럼 출판 밥 삼십년이라고 우겼다. 그녀는 피식 웃으며 말을 돌렸다.

여행은 다닐 만큼 다녔어요. 그런데 어딜 가도 맘 편히 잠잘 데
가 없더라고요.

에이, 그거야 옆에 남자가 없으니까 그렇지. 나랑 같이 가면 다
를걸.

글쎄요, 그럴까요?

그녀가 대꾸할 힘도 없다는 듯 희미하게 웃어 보이자, 그도 금세
맥 빠진 표정으로 길게 한숨을 내쉬었다.

그래, 나도 어디 아는 사람 하나 없는 데 가서 며칠 동안 잠만 자
다 와도 좋겠다. 덥지도 춥지도 않은 조용한 빌라 같은 데서 빳빳
하게 풀 먹인 시트를 몸에 감고, '방해하지 마시오' 패찰을 문 앞에
걸어놓고. 휴대전화도 꺼놓고, 술도 안 마시고, 꿈도 없이 저 밑바
닥으로 내려가서, 어린애처럼 베개에 침을 질질 흘리면서, 그렇게
정신없이……

시를 낭송하듯 운율이 실린 그의 목소리엔 어딘가 안쓰럽고 애절
한 구석이 있어 그녀는 그간 애써 잊고 있던, 그래서 이제는 아득한

추억이 된 달콤한 잠에 대한 갈망이 되살아났다. 두려움도 죄의식도 없는, 숲 속처럼 고요하고 무덤처럼 깊은 잠. 그녀는 행복한 잠이 있던 시절로 다시는 돌아갈 수 없다는 상실감에 눈물이 날 것 같았다. 그래서 하마터면 그에게 같이 여행을 떠나자고 말할 뻔했다.

그때 부장이 새삼 표정을 바꾸며 특유의 명랑한 어조로 너스레를 떨기 시작했다. 그런 궁상맞은 태도는 자신과 어울리지 않는다는 투였다.

그리고 사실 난 이제 더이상 비아그라를 안 먹어도 돼.

그건 또 왜요?

대신 이걸 먹고 있거든.

그는 주섬주섬 주머니에서 캡슐에 든 약을 꺼내 보였다.

그게 뭐예요?

비타민 씨.

비타민 씨가 언제부터 발기부전 치료제로 쓰인 거죠?

그러자 그는 의기양양한 표정으로 요즘 유행한다는 고용량 비타민 요법에 대해 장광설을 늘어놓았다. 한마디로 비타민 씨를 하루 권장량의 오십배에서 백배를 먹는다는 엽기적인 요법이었다.

그렇게 먹으면 뭐가 좋아요?

여러가지 좋은 점이 있지. 피로도 못 느끼고 변비도 없어지고 발기력도 좋아지고 항산화 작용에 면역기능 강화 등등 여러가지 효과가 있지만, 무엇보다 좋은 점은 암에 걸리지 않는다는 거야.

비타민 씨를 안 먹더라도 보통 사람이 암에 걸릴 확률이 얼마나 있겠어요?

단 영 점 일 프로의 확률이라도 자신은 암에 걸리지 않는다고 생각해봐. 마음이 든든하지 않겠어? 방탄복을 입은 것처럼. 그러니까 수경 씨도 앞으로 비타민을 많이 먹어봐.

방탄복도 좋지만 뭐가 됐든 하루에 약을 여덟알씩 먹어야 한다는 게 끔찍하네요. 지금도 이것저것 먹는 약이 한두가지가 아닌데……

글쎄, 이건 약이 아니라 그냥 비타민이라니까.

*

이제 십리쯤 왔을까? 그녀는 반대편으로 돌아눕는다. 천리를 가야 하는 길에서 겨우 몇걸음 뗀 기분이다. 불면증 환자에게 시간은 무한히 이어진 하나의 선일 뿐, 아무런 막이 없다. 어두운 독방과도 같은 불면의 밤이 지나면 녹초가 된 채 온종일 책상 앞에 앉아 충혈된 눈으로 원고를 들여다봐야 하는 낮이 찾아온다. 휴식도, 갱신도, 단절의 순간도 없는 형벌의 시간이 황도를 따라 끝없이 흘러간다.

그때 미친 척 부장과 함께 여행을 떠났다면 그가 생에 대한 희망의 끈을 좀더 길게 이어갈 수 있었을까? 여행을 가자는 제안은 술자리 농담으로 끝나고 말았지만 그녀는 어쩌면 그가 진심으로 자신을 사랑한 게 아닐까 생각했다. 그런데 그는 어떻게 그 지옥 같

104

은 내면을 감춘 채 날마다 하얀 와이셔츠를 갈아입고 웃으면서 출근할 수 있었을까, 섬뜩했다. 게다가 그 많은 비타민은 도대체 무엇을 위한 것이었는지!

후드득.

창문에 빗방울 부딪히는 소리가 들렸다. 그녀는 머리맡을 더듬어 휴대전화를 찾았다. 앱을 종료하려고 화면을 켜자 앱은 이미 꺼져 있었다. 알고 보니 창밖에 실제로 비가 내리고 있었다. 그녀는 깨질 듯 쑤시는 몸을 간신히 일으켜 담배를 찾아들고 옥상으로 올라갔다.

은사시나무 숲은 거센 빗줄기에 가려 하늘과의 경계가 희미했다. 드디어 본격적인 장마가 시작된 모양이었다. 계단참까지 비가 들이쳐 구석으로 물러나서야 겨우 담배를 피울 수 있었다. 담배를 한모금 빨아들이자 맵싸한 독기가 입안에 머물렀다가 폐 깊숙이 스며들었다. 그녀의 삶에서 아침에 피우는 담배보다 더 좋은 것은 없다. 그보다 더 좋은 것들은 이미 오래전에 다 지나가버렸다.

담배를 피우는 그녀의 눈에 뭔가 희끗한 물체가 움직이는 게 들어왔다. 옥상 난간 끝이었다. 바닥을 꿰뚫을 듯 맹렬하게 쏟아지는 빗줄기 때문에 시야가 흐려 눈을 잔뜩 찌푸렸다. 옥상 난간에 누군가 비를 맞고 앉아 있었다. 옆집 아이였다. 저 아이는 왜 이른 아침에 비를 맞으며 난간에 앉아 있는 걸까? 거센 바람에 아이의 몸이 날아갈 듯 위태로워 보였다. 그러다 그의 의도가 무엇인지를 깨달고는 퍼뜩, 정신이 들었다.

그녀는 담배를 내던지고 무작정 옥상으로 뛰어나갔다. 세찬 비바람에 몸이 휘청거렸다. 세발짝도 떼기 전에 온몸이 비에 젖어 슬립 위로 수수깡처럼 마른 몸이 드러났다. 뭐라고 소리를 지르고 싶었지만 누군가 목덜미를 틀어쥔 듯 아무 소리도 나오지 않았다. 빗방울이 얼굴을 때려 눈을 뜨는 것조차 어려웠다. 아이는 난간에 앉아 다리를 밑으로 늘어뜨린 채 아래를 내려다보고 있었다. 바닥은 화단도 없는 단단한 시멘트 보도블록이었다. 오층 높이에서 떨어지면 살 수 있을까? 아이가 손바닥으로 난간을 짚고 엉덩이를 떼었다. 막 밑으로 몸을 날리려는 참이었다.

안돼!

그녀는 아이를 향해 손을 뻗었다. 덥석, 등 뒤에서 허리를 껴안았다. 그리고 두사람은 함께 옥상 바닥으로 나뒹굴었다. 팔뚝이 시멘트 바닥에 부딪히며 구멍이 숭숭 뚫린 뼈가 힘없이 부러졌다. 비명이 터져나왔다. 그래도 아이의 허리를 놓지 않았다.

죽지 마, 제발. 부탁이야!

그녀는 마음속으로 외치며 부러진 팔로 아이의 어깨를 힘껏 끌어안았다. 삼십팔 킬로그램의 여자가 한 생명을 필사적으로 붙들고 있었다. 흠뻑 젖은 소년의 몸은 파충류처럼 차가웠다. 하지만 가슴을 뚫고 튀어나올 것처럼 심장이 거세게 팔딱거리고 있었다. 수억 수천만년간 박동을 멈추지 않은 심장이었다.

*

몸이 소금 한알갱이만큼 작아진다면 그땐 잠을 잘 수 있을까? 얼마 전 과학 에세이집을 낸 한 대학교수의 말에 따르면, 원자 내부는 텅 비어 있어 핵만 남기고 빈 공간을 모두 제거하면 사람을 소금 한알갱이의 크기로 줄일 수 있다고 했다. 그때 그녀는 엉뚱하게도 자신의 몸이 소금 알갱이로 변해 바다에 가라앉는 상상을 했었다. 소금은 눈 깜짝할 새에 녹아 수초들 사이를 미끄러지듯 빠져나가며 깊고 푸른 바닷속에서 흔적도 없이 사라질 테지. 그렇게 사라지고 나서도 무언가 남는 게 있는 걸까?

소년을 옥상에서 데리고 내려와 옆집 벨을 눌렀을 때, 잠에서 깬 옆집 여자는 비에 흠뻑 젖은 두사람을 보고 놀라 어리둥절한 표정을 지었다. 그녀는 말없이 아이의 등을 엄마 앞으로 떠밀었다.

빗방울이 쉴 새 없이 창문을 두드렸다. 부러진 팔이 퉁퉁 부어올라 신음이 절로 흘러나왔다. 당장 치료를 받아야 했지만 병원이고 뭐고 아무 생각도 나지 않았다. 그저 침대에 누워 쉬고 싶었다. 팔이 부러져 옆으로 돌아누울 수도 없었다. 그래도 아이는 죽지 않았다. 다행이었다. 끙끙 신음을 내며 그녀는 매일 옥상에 올라가 아이가 뛰어내리지 않도록 감시해야겠다고 마음먹었다.

이번엔 절대 그냥 죽도록 내버려두지 않을 거야.

눈을 감은 채 자신의 결심을 주문처럼 되뇌는 동안 그녀는 물속에서 소금이 녹듯 스르르 잠들었다.

칠
면
조
와

달
리
는

육
체
노
동
자

그래, 까짓것. 거칠게 한판 살다 가는 거다. 인생 뭐 있나? 백반 좀 먹고 빠구리 좀 치다 가면 그뿐이지.

경구는 숯덩이가 다 된 돼지부속을 한점 집어 소주와 함께 입안에 털어넣었다. 고기는 질기고 소주는 쓰지만, 인생은 그마저도 달달하게 느껴질 만큼 쓰디쓰다. 술과 햇볕에 목덜미가 벌겋게 익은 쉰일곱의 육체노동자가 어떻게 여기까지 굴러왔는지 사연은 다 말해 무엇하랴. 시커멓게 그은 팔뚝과 단단하지만 어딘가 구부정한 느낌을 주는 어깨가 그의 오랜 풍상을 말해줄 뿐이다.

내일 새벽엔 다시 인력시장엘 나가봐야 하나.

소주를 털어넣을 때의 호기는 금세 바닥이 나 다음 잔을 따를 즈음엔 흔적도 없이 사라지고 없었다. 보름 가까이 일하던 돼지축사

공사가 끝나 당장 일자리를 찾아나서야 했다. 고용과 실직의 무한 반복 속에서 일용직 노동자의 불안은 습관이 되었다. 그래서 또 술이 필요한 것이다.

─어이, 여기 한병만 더 줘.

일찍 일어나려면 그만 마셔야 한다고 생각하면서도 경구는 빈 소주병을 흔들어 보이며 주방을 향해 외쳤다.

─아, 이제 그만 가! 문 닫아야 돼.

주방에서 찬모의 날카로운 응대가 날아왔다. 돌아보니 시마이를 하는 중인지 주방 안에 설거지 소리가 요란했다. 옆자리에서 술을 마시던 트럭 운전사들도 당구장으로 몰려간 뒤라 식당엔 혼자만 남아 있었다.

젠장, 저년은 아무한테나 반말지거리로군.

경구는 속으로 욕설을 퍼부었지만 애써 히죽 웃으며 빈 소주병을 흔들어 보였다.

─딱 반병만 더 마시고 갈게.

─글쎄, 반병을 먹든 한병을 먹든 알아서 자시는데 우린 무조건 십오분 뒤에 문 닫을 거야.

찬모는 딱, 소리 나게 소주병을 내려놓고 투실투실한 엉덩이를 흔들며 주방으로 사라졌다. 작은 돼지부속집은 주방에서 일하는 사람과 홀에서 써빙하는 사람이 따로 정해져 있지 않아 여자 세 명이 되는대로 번갈아가며 주방과 홀을 들락거렸다.

개 같은 년……

경구는 소주병을 따며 찬모의 뒤를 노려보았다. 잠시 그 투실투
실한 엉덩이에 쏠려 노래방에 데려가 뽀뽀도 하고 여관에 끌고 가
방망이맛을 제대로 보여주고 싶었는데 어찌나 비싸게 구는지 일찌
감치 포기해버렸다. 하긴, 싸구려 돼지부속집에 오는 노가다들이
야 다 제 년 발밑이겠지. 잘해봐야 어디서 논다니로 굴러먹던 주제
에 도도하기는……

경구는 방금 전 자리를 떠난 트럭 운전사들 자리에 섞여서 술잔
을 주고받던 찬모의 해죽거리는 얼굴이 떠올랐다. 언제나 냉동고
기만 찾는 노가다들에게는 눈길 한번 안 주는 년이 운짱들에겐 어
찌나 곰살맞게 구는지 머리채를 잡아 얼굴을 숯불 위에 처박고 싶
은 심정이었다. 하지만 트럭 운전사들은 벌이가 좋았다. 요즘 건설
경기가 나빠 일거리가 없다고 죽는소리를 해대지만 그래도 일용직
에 비할 바가 아니었다. 예전에 그도 트럭을 몰아봐서 잘 안다. 거
친 사내들 틈에서 산전수전 다 겪은 빠꿈이 년이 그걸 모를 리 없
다. 그러거나 말거나 한창때 같으면 골목에서 기다리고 있다 강제
로라도 여관에 끌고 들어갔겠지만 이젠 자신이 없다. 한발짝만 잘
못 내디디면 바로 나락이다.

씨발.

*

거실은 불이 꺼져 있다. 신발장을 보니 미숙이 년이 집에 있는

게 분명한데 제 방에 처박혀 코빼기도 내보이지 않는다. 스물네평짜리 낡은 임대아파트엔 모두 세명이 살고 있다. 경구와 그의 딸 미숙, 그리고 아들 영민. 그들은 함께 밥을 먹지 않는다. 들어오는 시간도 제각각이지만 행여 다들 집에 있더라도 거실에 모여 텔레비전을 보거나 함께 식탁에 둘러앉는 법이 없다. 각자 주방과 화장실을 소리 없이 드나들며 재빨리 제 볼일만 보고 유령처럼 사라지곤 한다. 그래서 거실은 언제나 어둠에 잠겨 있다. 어쩌다 얼굴이라도 마주치면 징그러운 벌레라도 본 양 황급히 등을 돌려 달아난다. 그것이 경구네 가족이 살아가는 법이었다.

매정한 년.

경구는 힐끗 미숙의 방 쪽을 쳐다본 후 안방으로 들어와 씻지도 않고 자리에 누웠다. 텔레비전에선 젊은 연예인들이 수다를 떨며 낄낄거렸다. 무슨 말인지 한마디도 알아들을 수 없었다. 세상은 갈수록 인색해져 가난한 늙은이에게 더는 아무것도 내어주지 않는다. 옴짝달싹할 자리도 없다. 숨이 막히는 기분이었다. 그래서 마음속엔 늘 울화가 가득 차 있었다.

미친놈들.

채널을 이리저리 돌려보지만 경구는 끝내 눈 둘 곳을 찾지 못한 채 리모컨을 내려놓고 담배를 피워물었다. 미숙이 씻으러 화장실엘 들어갔는지 쏴, 물소리가 들렸다. 영민의 말에 따르면 시내에 있는 옷가게에 다닌다는데, 도통 말을 안하니 월급이나 제대로 받는지 어쩌는지도 알 수 없다. 그래도 아침마다 꾸역꾸역 경구가 해놓은 밥을 퍼먹고 어디론가 버스를 타고 나간다. 가진 게 없고 배운 게 없으니 세상살이가 고달프긴 애비 에미나 마찬가지일 터, 어디서 바지런하고 심성 좋은 놈을 만나 덜컥, 결혼이라도 해버리면 좋으련만 뻗대는 꼬라지를 보면 남자들한테 예쁨 받기는 애초에 글러먹었다. 그것도 다 지 에미를 닮아서 그럴 것이다.

육시랄 년.

이혼한 마누라 생각이 떠오르자, 경구는 울컥 화부터 치밀었다. 그녀는 언제나 그의 신경을 긁었다. 교회에 나가지 말라고 아무리 말려도 아득바득 기를 쓰고 새벽기도를 나갔고, 답답하다고 그렇게 불평을 해도 좁은 임대아파트가 식물원이라도 되는 양 자꾸만 화분을 사들여 발디딜 틈도 없게 만들었다. 하는 짓마다 미운 짓이었고 시키는 일마다 어깃장이었다. 청개구리도 그런 청개구리가 없었다. 무엇보다 화가 나는 건 말을 안하는 거였다. 물어도 대답을 않고 입을 삐죽거리는 거였고 입을 삐죽거리며 자신을 비웃는 거였다. 그럴 때면 경구는 머리가 뜨거워지고 속이 부글부글 끓어올랐다. 그래서 욱하는 성질에 한대 쥐어박았는데 이빨이 두개 부러졌다. 그것 때문에 미숙이 년이 경찰을 불렀다.

아무리 지 에미를 때렸다지만 애비를 경찰에 신고하는 년이 세상에 어디 있단 말인가! 미숙이 년도 하는 짓이 지 에미랑 똑같다. 다정하게 웃는 낯으로 대한 적 한번 없고 어디를 가느냐고 물어도 제대로 대답하는 법이 없었다. 그저 비웃듯이 입을 삐죽거리며 문을 쾅 닫고 나가버리곤 했다. 경구는 언젠가 미숙이 그렇게 나가서 다시는 돌아오지 않으리라는 걸 잘 알고 있다. 그리고 그것이 그가 가장 두려워하는 일이라는 것도. 그래서 그년을 한대 쥐어박고 싶지만 차마 그러지 못했다.

불쌍한 년.

미숙을 생각하다 머리가 무거워진 경구는 스르르 눈을 감았다. 하루 종일 먼지를 뒤집어쓴데다 장마철이 가까워 온몸이 끈적거렸다. 자기 전에 세수라도 해야 하는데 물소리가 그치질 않았다. 영민은 아직 돌아오지 않았다. 편의점에서 밤새 아르바이트를 하다 아침에야 집으로 돌아오다보니 얼굴을 못 본 지 한참 되었다. 빨리 군대나 가버렸으면 싶지만 막상 영민이 없으면 집안에 말 섞을 사람도 하나 없다. 말이 없기는 그애도 마찬가지지만 그래도 같은 남자라고 미숙이 년보다는 나았다.

어디서부터 단추를 잘못 뀐 걸까? 그놈의 욱하는 성질머리 때문일까? 아니면 애초에 미숙이 에미를 만난 게 잘못일까? 세월을 되돌린다 해도 어디서부터 바로잡아야 할지 알 수 없다. 그리고 이젠 모든 게 너무 늦어버렸다. 씻고 자려고 했지만 화장실에서 들려오는 물소리가 꿈속인 듯 귓가에서 아득하게 멀어졌다.

*

역시 과음을 한 게 문제였다. 딱 한병만 마시고 일어났어야 했다. 아직 점심때도 안되었는데 토할 것처럼 속이 메슥거리고 영하의

온도인데도 자꾸 진땀이 났다. 침침한 조명도 뭔가 기운을 뺏어가는 느낌이었다. 가슴도 답답했다. 경구는 밖으로 나가 바람이 잘 통하는 나무 그늘 밑에서 한숨 자고 싶은 생각이 굴뚝같았다. 하지만 죽어라 한나절은 버텨야 했다. 노가다라는 게 원래 그런 거다.

냉동창고에서 일하다보면 이상하게 몸이 축나는 기분이 들었다. 여름에 시원한 데서 일하면 좋지 않겠느냐는 이들도 있지만 천만의 말씀, 그건 좆도 모르는 시로도들의 생각이다. 일을 마치고 밖으로 나와보면 금세 안다. 하늘이 노랗게 보이고 며칠간 머리가 쑤셨다. 땀범벅이 되어 헐떡거리더라도 차라리 땡볕에서 일하는 게 나았다.

그날 새벽, 경구는 전철역 앞에 있는 인력사무소에 나가 냉동창고 일자리를 하나 얻었다. 소개비 빼고 일당 칠만 이천원. 그다지 마음이 내키진 않았지만 곰방이든 하스리든 가릴 처지가 아니었다. 인력시장에서 귀한 건 일자리고 흔한 건 사람이니까. 도대체 그 많은 인간들이 다 어디서 기어나오는지 알 수 없었다. 언제부턴가 얼굴이 시커먼 동남아 출신들까지 한데 뒤섞여 이젠 인력시장이 아니라 인종시장이 되었다.

오전에 트럭이 한대 들어왔고 두대가 나갔다. 아이스박스 안에 뭐가 들었는지 알 바 아니었다. 그저 무겁고 딱딱하고 차가운 것을 들어 옮기느라 허리가 뻐근할 뿐이었다. 그는 이제 노화와 맞서 싸우는 중이었다. 하지만 패배가 자명한 싸움이었다. 단단한 대리석조차 고운 모래가 되어 스러지는 게 세월이니, 복숭아 과육처럼 상하기 쉬운 육체는 말할 것도 없었다. 그렇지 않다면 냉동창고가 왜 필요하겠는가!

트럭이 한대 나가고 잠시 짬이 나자 경구는 창고 밖으로 나와 담배를 한대 피워물었다. 질통 한짐에 담배 한대, 고달픈 육체노동자에게 담배연기는 인생의 유일한 위안이었다. 그 덕에 폐가 썩어들어가고 혈관이 막혀도 노가다들은 아무도 담배를 끊지 못했다. 담배를 피우는 동안 기분 나쁜 습기가 동태처럼 꽁꽁 언 몸에 달라붙었다. 추위에 잠시 잊고 있던 허리의 통증이 찾아와 절로 인상이 찌푸려졌다. 장마철이 가깝긴 한 모양이었다.

─아, 밖에서 혼자 뭐해? 한대 피웠으면 빨리 들어와 일해야지.

팔레트 위에 앉아 잠깐 졸았을까? 누군가 호통치는 소리에 눈을 떠보니 같이 일을 나온 윤가 놈이었다. 열살쯤 밑이지만 노가다판에선 위아래가 없다. 힘세고 일 잘하는 놈이 상전이다. 예전 같으면 한주먹 거리도 안되었겠지만 그것도 다 자지가 빳빳하던 시절의 이야기일 뿐, 이젠 자신이 없다.

*

경구는 자동차 뒷자리에 실려 눈을 감고 있었다. 윤가 놈의 차를 얻어타고 나오는 길이었다. 늘 그렇듯 하루를 어떻게 버텼는지 알 수 없었다. 그저 빨리 나가서 소주나 한잔 빨고 싶은 생각뿐이었다.

차 안엔 그 말고도 다른 노가다들이 세명 더 끼어앉아 만원이었는데 아무도 입을 열지 않았다. 공사판에서 한 세월 보내고 이젠 연골이 다 닳아 뼈가 바스락거리는 나이들이었다. 그렇게 풍화와 마모의 시간을 지나 입을 열 힘조차 남아 있지 않은 그들에겐 냉동창고도 아무 소용 없는 것이다.

─형님, 잠깐만 기다리셔.

다들 중간에서 내리고 마지막으로 경구가 내릴 즈음이었다. 운전을 하던 윤가가 한적한 곳에 차를 세우고 자동차 트렁크 문을 열었다. 그리고 비닐봉지에 싸인 뭔가를 불쑥 내밀었다. 경구가 엉거주춤 받아보니 팔이 휘청할 만큼 묵직했다.

─이게 뭐야?

창고 주임이 나만 갖다 먹으라고 했는데 다른 놈들은 몰라도 형님은 모른 척할 수가 있어야 말이지.

윤가가 히죽 웃었다. 그러고 보니 트렁크 안엔 묵직해 보이는 비닐봉지가 잔뜩 쌓여 있었다. 냉동창고에서 주임 모르게 슬쩍 뚜룩질을 한 게 분명했다.

─글쎄, 이게 뭐냐니까?

─칠면조.

─칠면조?

─응, 다른 사람한텐 얘기하지 말고 혼자 갖다 끓여 드셔. 오늘 일하는 거 보니까 형님, 몸보신 좀 하셔야겠어.

경구가 손으로 무게를 가늠해보니 족히 칠 킬로그램은 넘을 것 같았다. 그런데 이놈이 뭔 일로 나한테 인심을 다 쓰지? 혹시 나중에 사달이 나면 같이 물고 들어가려는 수작일까? 경구가 미심쩍은 눈으로 쳐다보자 윤가는 트렁크 문을 쾅 소리 나게 닫으며 말했다.

─아 형님, 이상한 물건 아니니까 그냥 고맙다고 하고 어여 가져가슈.

오리도 아니고 칠면조라니! 윤가가 차를 몰고 떠난 뒤에도 경구는 비닐봉지를 든 채 잠시 길가에 서 있었다. 꽁꽁 얼어붙은 칠면조는 돌덩이처럼 딱딱하고 묵직했다. 이걸 어떻게 먹으라는 거지? 그냥 닭고기처럼 물에 넣고 푹 삶아 먹으면 되는 건가? 그런데 이 큰 고깃덩어리가 다 익으려면 도대체 몇시간이나 삶아야 하는 걸까? 경구는 칠면조고기를 한번도 먹어본 적이 없다. 다만 칠면조 농장에서 딱 하루 일해본 적은 있다.

불그죽죽하게 늘어진 목덜미에, 뱀 껍질로 휘감은 듯한 두툼한 발목과 억센 발톱, 게다가 칠판을 긁는 듯 귀를 거스르는 그 울음소리라니! 칠면조를 처음 봤을 때 경구는 그 범상치 않은 크기와 혐오스러운 외양에 적잖이 당혹스러웠다. 그래서 죽은 칠면조고기를 받아들었을 때에도 그때만큼이나 난감한 기분이었다. 비닐봉지 안을 들여다보니 털이 뽑힌 채 맨살이 드러난 커다란 칠면조가 돌덩어리처럼 꽁꽁 얼어붙어 있었다. 뭔가 적나라하고 외설스러운 느낌이었다. 양놈들은 칠면조를 통째로 구워 무슨 명절엔가 먹는다고 했지만 경구는 횡재를 얻은 기분이 아니라 어쩐지 날벼락을 맞은 기분이었다. 그냥 버리고 갈까, 잠깐 망설였다. 하지만 칠면조 한마리 가격이 노가다 하루 일당이라는 윤가 놈의 말이 떠올라 차마 버리지도 못하고 털레털레, 묵직한 비닐봉지를 들고 전철역 쪽으로 걸어갔다.

*

육체노동자들은 목소리가 크다. 화통을 삶아 먹은 것 같다. 술집을 가든 당구장을 가든 제일 큰 소리로 떠드는 이들은 노가다들이다. 그것은 그들이 늘 시끄러운 공사판에서 일하느라 소리를 지르는 게 습관이 되어서이다. 또한 아무도 그들의 말을 귀담아들어주지 않기 때문이다. 그래서 고래고래, 악을 쓰며 고함을 지르는 것이다.

이 씨발 것들아, 제발 아가리 닥치고 내 말 좀 들어봐!

식당 안에 고기 굽는 연기가 자욱했다. 그 속에서 소주 한잔에 얼굴이 시뻘게진 일용직 근로자들이 복닥거렸다. 고된 노동에서 잠시 풀려난 그들은 그래도 아직 살아 있다며 고래고래 소리를 질러댔다. 돼지부속 일인분에 소주 한병, 거기에 밥 한공기까지 만원 한장에 먹을 수 있는 곳은 시내에서 돼지부속집 한곳뿐이었다. 믹스커피는 공짜였다. 그래서 늙고 가난한 사내들은 저녁마다 식당으로 몰려들어 고기를 구웠다.

배 속에 소주가 몇잔 들어가자 비로소 꽁꽁 얼었던 몸이 풀어졌다. 여기저기 쑤셔대던 날카로운 통증도 조금은 무뎌진 느낌이었다. 경구는 담배 한대를 피워물며 돼지부속을 뒤적거렸다. 언제부턴가 혼자 술을 먹는 게 익숙해졌다. 일을 마치고 노가다들끼리 몰려가 매일 진탕 퍼마시던 시절도 있었지만 이젠 다 귀찮아졌다. 술값 몇푼에 실랑이하는 것도 짜증나고 술김을 핑계로 젊은것들이 기어오르는 것도 귀찮았다. 그래서 연기가 자욱한 식당 구석에서 혼자 술을 마시게 된 것이다.

마누라와 이혼한 지 칠년이 지났다. 뭐가 잘못된 건지 모르겠는데, 하여간 그렇게 됐다. 그동안 지지고 볶고 이십년 가까이 살았다. 세간을 때려부수며 싸운 적도 많았고 마누라가 집을 나간 적도 부지기수였다. 그래도 대개는 며칠 뒤면 슬그머니 돌아오곤 했다. 이빨을 두개 부러뜨렸을 때에도 당연히 그럴 거라고 생각했다. 하지만 그게 마지막 싸움이 되었다. 마누라는 종내 돌아오지 않았다. 하여간 그렇게 됐다.

믿을 건 몸뚱이 하나밖에 없었다. 평생 그렇게 살았고 앞으로도 그럴 터였다. 하지만 이제 앞으로 얼마나 더 굴러갈 수 있을지 장담할 수 없었다. 뼈는 노동에 닳고 살은 술에 녹아났다. 그렇게 늙은 몸뚱이는 풍화에 점차 스러지는 중이었다. 앞으로 십년? 아니면 오년? 인력시장 주변에는 환갑이 넘은 늙은 날품팔이들도 적지 않았다. 비교적 젊은 사오십대와 외국인들이 다 빠져나가고 나서야 마지막으로 팔려가는 축들이었다. 그나마 끝내 일을 못 얻으면 들어가지도 못하고 나가지도 못한 채 대낮부터 강소주에 취해 인력 시장 근처를 서성거리기 일쑤였다. 그러다 언제부턴가 얼굴이 보이지 않으면 누군가 문득 생각난 듯 물었다.

요즘 이 씨가 안 보이데.

그러게, 어디 몸이 아픈가?

그뿐이었다. 죽었는지 살았는지 궁금해하는 이도 없었다.

결국 이렇게 늙어가는 걸까? 별로 멀지 않은 미래의 일이지만 아직도 앞날에 대해선 아무것도 짐작할 수 없었다. 다만 두려울 뿐이었다. 그 막막하던 두려움은 점점 더 실체가 분명해지고 있었다. 아이들마저 떠나고 나면 낡은 임대아파트에 혼자 남아 인생의 끝에서 뭐가 기다리고 있는지 확인하게 될 터였다. 환갑이 가까운 노가다에게 반전 따위가 있을 리 없었다.

*

—잠깐만, 이거 안 가져가?

경구가 계산을 하고 나오는데 누군가 뒤에서 불러세웠다. 돌아보니 투실투실한 찬모가 두툼한 비닐봉지에 싼 것을 불쑥 내밀었다. 칠면조였다. 식당에 들어갈 때 냉동실에 넣어달라고 맡겨놓은 것을 깜박했다.

—근데 뭐가 이렇게 무거워?

　찬모가 묻지만 경구는 대꾸도 못하고 엉거주춤 비닐봉지를 받아들었다. 처음 칠면조를 만났을 때처럼 여전히 당황스러웠다. 어떤 낯설고 불편한 존재가 자꾸만 뒤를 따라오는 기분이 들었다. 그 불편한 이질감 때문에 칠면조를 식당에 팔아버릴까, 하는 생각도 잠깐 들었지만 나중에 사달이 날까 싶어 그냥 들고 나왔다. 그런데 젠장, 더럽게 무거웠다. 어깨가 뻐근할 정도였다.

　경구는 고등학교 다닐 때 역도를 했다. 키가 크지 않았지만 다부진 어깨에 뼈가 굵어 제 몸무게의 두배쯤 되는 역기를 어렵지 않게 들었다. 그러다 허리에 문제가 생겨 운동을 그만두었는데 이렇게 평생 무거운 것을 들며 살게 될 줄은 몰랐다. 그리고 앞으로 들어야 할 짐도 많이 남아 있었다. 도대체 그 무게는 얼마나 되는 걸까? 경구는 꽁꽁 언 칠면조를 들고 버스정류장을 향해 걸어갔다.

　—어이, 잠깐 좀 봅시다.

　노래주점 앞을 지날 때였다. 재수없게도 때마침 밖에 나와 담배를 피우고 있는 최 사장과 바로 코앞에서 맞닥뜨렸다. 경구는 뜨끔해 멈춰 섰다.

　—거, 사람 참, 그렇게 안 봤는데……

　최 사장이 잔뜩 인상을 구기며 다가왔다. 동네 건달로 잔뼈가 굵은 그는 노래방에 도우미를 대주는 보도방을 운영하며 노래주점도 겸업하고 있었다.

—씨발, 술을 처먹었으면 돈을 내야지. 준다고 한 지가 도대체 언제야?

쉰도 안된 나이에 대뜸 반말이었다. 하지만 경구는 지은 죄가 있어 대꾸도 못하고 눈을 내리깔았다. 최 사장의 구두가 눈에 들어왔다. 코끝이 뾰족한 디자인에 에나멜을 발라놓은 듯 빤질거리는 흰색이 눈에 거슬렸다. 그런 구두를 신고 다니는 부류들을 경구는 잘 알고 있다. 평생 등짐 한번 져본 적 없으면서 남의 등골을 빼먹으려는 작자들이다. 도우미 세명 불러서 겨우 두시간 놀았는데 사십만원이란다, 씨발.

—다음 주에 준다고 그런 게 언제야, 응?

—글쎄, 이번 주만 지나면……

경구가 큼, 헛기침을 하고 기어들어가는 소리로 대꾸하자 최 사장이 버럭 소리를 질렀다.

—씨발, 이번 주에 준다, 다음 주에 준다, 도대체 몇번째냐고!

한달 전쯤 같이 일 다니는 정가 놈 꾐에 넘어가 구 씨와 셋이 분빠이를 하기로 하고 노래주점엘 갔는데 실컷 놀고 보니 다들 개털이었다. 물론 돈도 없이 따라간 게 잘못이었다. 다만 기죽기 싫어서 술김에 그냥 콜을 외쳤을 뿐인데, 결국 이런 봉변을 당하게 된 거였다. 아무리 그래도 그렇지 술값 몇푼에 이렇게 개 취급을 당해도 되나, 부아가 치밀었다.

—아, 니미, 다음 주에 준다잖아.

경구가 삐딱하게 꼬나보자 최 사장의 눈이 가늘어졌다. 그리고 백구두로 담뱃불을 비벼끄더니 대뜸 멱살을 틀어쥐었다.

—뭐라고? 다시 한번 말해봐.

눈을 부라렸다. 하지만 경구는 고개를 빳빳이 들고 상대를 노려
보았다.

—넌 형도 없냐? 이 싸가지 없는 새끼야.

분노가 끓어올라 얼굴이 시뻘게졌다.

—지랄하고 있네. 낯살을 처먹으면 나잇값을 하든가. 외상술이
나 처먹고 다니는 주제에 뭔 나이 타령이야, 이 씨발 놈아.

처음엔 사장님이더니 결국 씨발 놈이 되었다. 이 바닥에서 돈 내
면 사장님이고 개털이면 개새끼였다. 그런 거였다.

—내가 말로만 하니까 호구로 보이나본데, 길바닥에서 처맞기
싫으면 당장 술값이나 가져와, 이 새끼야.

최 사장이 눈알을 부라리며 귀뺨을 올려붙일 듯 손을 번쩍 치켜
들었다. 경구는 그 손을 덥석, 움켜쥐었다. 그래, 제대로 놀아본 놈
인 건 알겠다. 어쩌면 배때기도 몇번 쑤셔봤는지 모르지. 하지만 눈
에 보이는 건 두렵지 않았다. 정작 무서운 것은 눈에 보이지 않는
것들이었다. 그의 인생을 이리저리 휘둘러서 공사판에 패대기친
좆같은 그 무엇이었다.

픽!

최 사장은 비명도 제대로 못 지르고 손으로 벽을 짚은 채 비틀거
렸다. 경구는 다시 두 손으로 칠면조를 들어올려 그의 머리를 겨냥

해 힘껏 내리쳤다.

퍽!

사발이 깨지는 듯 둔탁한 소리와 함께 최 사장의 몸이 흘러내리
듯 주르르 힘없이 주저앉았다. 그 위로 다시 돌덩이처럼 꽁꽁 언
칠면조가 사정없이 떨어졌다.

퍽! 퍽! 퍽! 퍽!

뭔가 코끝에서 피비린내가 나는 것 같기도 하고 신음소리가 들
리는 것 같기도 했다. 하지만 경구는 멈추지 않고 오함마를 내리
치듯 칠면조로 사정없이 머리를 내리쳤다. 눈동자가 돌아가 흰자
위가 어둠속에서 번뜩였다. 그러다 어느 결엔가 퍼뜩 정신이 들었
다. 벽에 등을 기대고 주저앉은 최 사장은 죽은 듯 움직임이 없었
다. 머리에서 피가 줄줄 흘러내려 보도블록으로 떨어졌다. 노래주
점 네온싸인에 핏빛이 더욱 섬뜩하게 빛났다. 경구는 분노와 두려
움에 몸을 부들부들 떨었다. 그러다 문득 무언가가 생각난 듯 어두
운 골목을 향해 허둥지둥 뛰어갔다.

다리가 허방을 짚는 듯 비틀거렸다. 심장은 미친 듯 뛰었고 가슴
이 터질 듯 뻐근했다. 하얗게 질린 얼굴엔 아무 감각이 없었고 몸
은 공중을 떠다니는 듯 도무지 현실감이 없었다. 멀리 등 뒤에선
누군가의 비명이 들리는 듯했다.

죽은 걸까? 대갈통이 깨졌으니 뒈졌겠지.

경구의 머릿속은 온갖 끔찍한 이미지와 절망적인 생각으로 뒤

죽박죽되어 쓰레기통이 된 기분이었다. 그래서 자신이 어디를 향해 가고 있는지 알 수 없었다. 곧바로 집으로 갈 수는 없었다. 얼마 지나지 않아 경찰이 들이닥칠 게 분명했다. 그러면 어디로 가야 하지? 스스로 묻는 즉시 답은 나왔다. 아무 데도 갈 데가 없었다. 하지만 어디로든 가야 했다. 근처에서 서성거리다간 금세 잡힐 게 뻔했다.

*

당구장 앞을 지날 때였다. 운짱들끼리 안에서 내기당구라도 치는지 길가에 트럭이 줄줄이 세워져 있었다. 맨 앞에 서 있는 벤츠 트럭은 시동이 걸린 채 어둠속에서 으르르거리고 있었다. 운짱이 오줌이라도 누러 갔는지 운전석이 비어 있었다.

이때, 무슨 생각에서였을까? 경구는 대뜸 트럭에 올라탔다. 그리고 운전석에 앉아 자연스럽게 기어를 넣고 액셀러레이터를 밟았다. 마치 자신의 트럭인 양 아무 거리낌이 없었다.

경구가 트럭을 본 것은 십년도 더 된 일이었다. 골재를 운반하는 십일 톤 덤프트럭이었다. 비록 할부가 낀 중고였지만 기름값도 쌌고 건설 경기도 나쁘지 않아 늘 지갑이 두툼했다. 냉동고기는 거들떠보지도 않았고 마누라 앞에서도 마음 놓고 큰소리를 칠 수 있었다. 비록 이십대 때만큼은 아니었지만 그런대로 빳빳하던 시절이었다.

그런데 씨발, 손을 잘못 놀린 게 문제였다. 운짱들끼리 가끔 재미삼아 치던 화투판이었는데 낯선 사내 몇이 끼어들더니 순식간에 판이 커졌다. 운짱들은 컨테이너 안에서 밤새 화투를 쳐댔고 백만원짜리 수표가 만원짜리 지폐처럼 쉽게 오고 갔다. 돈이 돈으로 보이지 않았다. 밤새 화투를 치다 새벽에 벌게진 눈으로 컨테이너를 나서면 바깥세상은 꿈속인 듯 아련했다. 그러다 다시 담배연기 자욱한 컨테이너 안으로 들어서면 몽롱하던 감각이 생생하게 되살아나곤 했다. 그 기간이 무려 육개월이나 지속되었다. 마약처럼 지독한 세월이었다. 결국 일억이 넘는 트럭은 채 삼년도 몰아보지 못하고 대부업체로 넘어가고 말았다.

그래! 진즉에 트럭을 몰았어야 했다. 운전석에 앉는 순간 경구는 비로소 자신의 인생이 어디서부터 잘못되었는지 깨달았다. 그가 트럭에서 내려오던 바로 그때부터 스텝이 꼬이기 시작해 결국 여기까지 떠밀려온 거였다. 육중한 트럭의 엔진소리를 들으며 달리는 동안 경구는 조금씩 마음이 가라앉았다. 두려움도 걱정도 사라졌다. 십일 톤 트럭 안에 앉아 있으니 어쩐지 든든한 기분도 들었다. 깨어지지 않는 어떤 단단한 보호막이 자신을 지켜주는 느낌이었다. 그래, 잘됐다. 늘 가슴속 깊은 곳에서 분노가 뭉글뭉글 솟아올랐다. 그래서 언제나 누군가를 실컷 두들겨 패주고 싶은 기분이었다. 그러니 잘됐다. 실컷 패줬으니 됐다!

*

운전대 위에서 뭔가가 흔들리고 있었다. 나무로 만든 작은 십자가였다. 차 주인이 교회를 다니는지 대시보드 위엔 '오늘도 무사히'란 글귀와 함께 기도하는 사무엘의 그림이 얌전히 붙어 있었다. 퍼뜩 마누라가 떠올랐다. 그녀는 죽어라 교회를 다녔다. 마치 그곳에 인생의 해답이 있기라도 한 양 하나님에게 매달렸다. 집 안에서도 기도를 멈추지 않았고 마치 부적처럼 곳곳에 십자가를 걸어두었다. 이혼을 한 뒤, 경구는 집 안에 있던 십자가와 예수 초상화를 몽땅 거둬들여 분리수거장 옆에서 태워버렸다. 화분도 남김없이 깨뜨려버렸다. 그렇게 이십여년의 결혼생활은 끝장났다.

문득 옆자리를 돌아보니 조수석에 비닐봉지가 얌전히 놓여 있었다. 운전을 하느라 까맣게 잊고 있었는데 비닐봉지가 다 찢어진 채 얼어붙은 칠면조가 밖으로 비어져나와 있었다. 그것은 삐약거리는 햇병아리와는 상대가 안되는 당당한 존재감으로 한자리를 차지하고 있었다. 그 와중에 어떻게 칠면조를 들고 와 조수석에 놓아두었는지도 알 수 없었다. 경구는 옆을 돌아보며 고개를 절레절레 흔들었다.

젠장, 지독하게도 따라오는군.

사거리에서 경구는 운전대를 남쪽으로 틀었다. 외곽순환도로로 접어들자 거치는 것이 없었다. 벤츠 트럭은 훌륭했다. 엔진소리도 안정적이었고 밟으면 밟는 대로 나가는 느낌이었다. 그런 트럭이라면 탕바리만 해도 먹고사는 덴 아무 지장이 없을 것 같았다. 그런데 왜 운전대를 남쪽으로 틀었을까? 마누라라도 만나러 가려는 걸까? 스스로 물었지만 자신도 이유를 알 수 없었다. 뭐, 그냥 만나면 만나는 거라고 생각했다. 피할 이유도 없었다. 아내는 안산 어디에선가 식당 일을 하러 다닌다고 했다. 애들한테 귀띔으로 얻어들은 얘기였다. 어쩌면 그녀도 트럭 운짱들 틈에서 진한 농지거리에 깔깔거리며 손목을 잡히고 있는 걸까? 모르겠다. 그러든 말든 알 바 아니다. 그저 먼발치에서 얼굴이라도 한번 봤으면 싶었다.

언 칠면조가 슬슬 녹으면서 비어져나온 살이 가로등 불빛에 반짝거렸다. 경구는 한 손으로 조심스럽게 칠면조를 만져보았다. 차갑지만 두툼한 살집이 믿음직스러웠다. 혹시 마누라를 만난다면 선물이라며 칠면조를 불쑥 내밀어도 재밌을 것 같았다. 그때 아내가 어이없다는 듯 피식, 웃어주면 좋겠다고 생각했다. 아니면 나중에 집에 가서 아이들과 다리 한쪽씩 뜯어서 나눠 먹을 수도 있을 것이다. 그러다 또 재수없는 새끼를 만나면 칠면조로 실컷 패주리라, 마음먹으며 경구는 액셀러레이터를 힘껏 밟았다.

전 원 교 향 곡

컹컹!

잠결에 멀리서 개 짖는 소리가 들렸다. 보지 않아도 정 씨네 돼지축사를 지키는 셰퍼드다. 사료 트럭이라도 들어왔는지 오십 킬로그램이 넘는 커다란 덩치에서 울려나오는 소리가 우렁우렁 계곡에 메아리쳤다.

망할 놈의 개새끼……

정환은 눈도 뜨지 않은 채 혼자 입속으로 중얼거렸다. 술기운에 겨우 선잠이 들었는데 개 짖는 소리에 그만 깨고 만 것이다. *끄응*, 괴로운 신음소리를 내며 그는 몸을 잔뜩 웅크렸다. 누군가 군홧발로 자근자근 밟아댄 것처럼 삭신이 쑤셨고 오슬오슬 한기가 느껴졌다. 늘 그렇듯이 눈을 뜨는 게 죽기보다 괴로웠다. 하지만 파리

가 극성스럽게 눈꺼풀에 달라붙어 어차피 잠을 더 자기는 그른 듯
싶었다. 길섶의 잔디가 누레지고 한낮에도 점퍼를 입고 다녀야 할
만큼 날씨가 쌀쌀해졌는데도 파리는 여전히 극성을 부렸다. 한겨
울만 제외하고 일년 내내 파리가 들끓는 건 두말할 나위 없이 바로
코앞에 있는 축사 때문이었다.

힘겹게 눈을 뜨자 파란 하늘을 배경으로 잎이 말라가고 있는 포
도나무가 눈에 들어왔다. 제때 가지를 쳐주지 않아 지지대를 타고
아무렇게나 뻗어나간 포도 넝쿨은 언제나 불운과 저주를 달고 다
니는 마녀의 긴 손가락처럼 삐죽삐죽 그의 머리 위에 드리워져 있
다. 한때 그것은 무성한 잎을 피워 평상 위에 시원한 그늘을 만들
고 알알이 굵은 열매를 맺어 주인을 기쁘게 했으나 이젠 겨우 야생
의 머루만큼이나 볼품없는 열매가 말라비틀어진 채 몇송이 매달려
있을 뿐이었다.

하고많은 유실수 중에서 굳이 포도나무를 골라 심은 것은 이혼
한 아내의 의견에 따른 것이었다. 인근에 복숭아밭이 지천이어서
똑같이 복숭아나무를 심는 것은 별 의미가 없고 감나무는 너무 늦
은 계절에 수확을 한다는 게 내키지 않는다고 했다. 그들의 로맨틱
한 전원생활을 축하하고 만끽하기엔 뜨거운 여름이 가기 전에 열
매를 맛볼 수 있는 포도가 제격이라고, 아내는 들뜬 표정으로 말했
다. 그리고 이태 뒤에 그들은 포도나무 그늘 아래에서 두 손을 함
빡 적시며 포도를 먹었다. 그간 정성껏 거름을 주고 조심스럽게 가
지치기를 하고 벌레를 잡고 봉지를 씌운 끝에 맛본 달콤한 열매였

다. 마당 한구석에 겨우 세그루를 심었을 뿐인데도 한달 내내 포도
즙 속에서 헤엄친 기분이 들 만큼 풍성한 수확이었다. 가까운 친구
들에게 한상자씩 선물로 보내고 남은 것은 포도주를 담갔다. 비록
달콤한 와인을 만드는 데는 실패했지만 첫 수확의 기쁨을 만끽하
는 데에는 조금의 모자람도 없었다. 그들이 한창 농사꾼놀이에 빠
져 있을 때의 일이다.

정환은 자리에서 일어설 생각도 않은 채 평상에 걸터앉아 담
배를 한대 더 피워물었다. 머리가 깨질 듯 아팠고 담뱃불을 붙이
는 손이 심하게 떨렸다. 평상 아래엔 그가 여름내 마신 빈 소주병
이 수북하게 쌓여 있었고 그 틈으로 소리쟁이가 삐죽 고개를 내밀
고 있었다. 그는 벌겋게 충혈된 눈으로 축사 너머 마을을 굽어보았
다. 들판은 이미 누렇게 물들고 마을 입구에 서 있는 오래된 은행
나무는 바람이 불 때마다 노란 잎사귀를 우수수 쏟아냈다. 마을은
차 한대가 겨우 지나갈 만한 좁은 길을 따라 좌우로 들어서 있었
다. 길은 골짜기 입구를 길게 가로지른 돼지축사를 지나 마을 뒷산
을 향해 뻗어 있었는데 그 길 끝에 바로 정환의 집이 자리하고 있
었다. 팔년 전, 폐가나 다름없던 외딴 농가를 사들여 개축한 집이
었다.

사람들은 그곳을 은골이라고 불렀다. 무슨 의미인지는 알 수 없
지만 이름의 이미지와는 달리 앞이 탁 트여 전망이 좋고 마을과도
적당히 떨어져 있어 프라이버시를 침해당할 일도 없었다. 다만 겨

울이 되면 계곡으로 불어닥치는 찬 바람이 꽤나 매서워 절로 몸이 움츠러들곤 했다. 그것이 앞으로 다가올 냉혹한 현실에 대한 경고였을까? 포도나무는 더이상 열매를 맺지 못하고 아내는 결국 은골을 떠났다.

담배를 피우던 정환이 사레들린 듯 발작적인 기침을 해댔다. 술에 취해 한데서 잠을 잔 탓인지 몸이 떨리고 목구멍이 간질거렸다. 한차례 발은기침 끝에 퉤, 진한 가래를 뱉어내자 주위를 맴돌던 파리떼가 재빨리 가래에 들러붙었다. 물끄러미 핏발 선 눈으로 혐오스러운 장면을 지켜보고 있던 그는 불현듯 술을 마시고 싶은 간절함에 목이 타는 듯해 눈을 질끈 감았다.

오늘은 단 하루만이라도 맨정신으로 버텨야 한다!

그날은 두달에 한번 아이를 집으로 데려오는 날이었다.

전기밥솥을 열어보니 누렇게 말라붙은 밥이 바닥에 한공기 정도 남아 있었다. 밥을 새로 지을까 잠시 망설이다 말라붙은 밥을 닥닥 긁어 물에 몇번 헹궈낸 뒤 다시 끓여 늦은 아침을 먹었다. 아내가 떠난 뒤 그는 제대로 된 식사를 해본 적이 없었다. 찬이라곤 늘 군둥내 나는 묵은 김치나 짜디짠 장아찌가 전부였고 세상의 모든 홀아비들처럼 라면으로 끼니를 때우기가 다반사였다. 술에 취해 며칠씩 끼니를 거를 때도 많았다.

언제부턴가 술을 마시지 않으면 잠을 잘 수 없었다. 절망적인 기분에 술을 마시면 고통이 찾아오고, 그 고통을 잊기 위해 다시 술을 마시는 생활이 반복되었다. 급기야 손가락 하나 까딱할 수 없을 만큼 기력이 쇠해지고 의식이 혼미해져 섬망에 시달리기도 했다. 이러다가 외딴집에서 아무도 모르게 혼자 죽을 수도 있겠구나, 하는 공포감이 들면 잠시 정신을 차려 며칠 술을 끊고 밥을 챙겨 먹기도 했지만 그것도 잠시일 뿐, 조금이라도 기력이 회복되면 마치 흡혈귀가 피를 빨아 먹듯 곧 알코올이 그 알량한 에너지를 몽땅 앗아가곤 했다. 늘 설사를 했고 설사를 안하면 변비에 걸렸다. 그렇게 설사와 변비를 오락가락하다보니 영혼이, 그리고 항문이 너덜너덜해졌다.

아내가 아이를 데리고 은골을 떠난 것은 삼년 전의 일이다. 막다른 절벽이었다. 희망의 불씨는 꺼진 지 오래였고 꿈은 이미 산산이 부서져버렸다. 더이상 버틸 힘도 없었다. 어찌 생각하면 오년을 버틴 것도 기적이라면 기적이었다.

히피들이 실패한 이유는 농사짓는 법을 몰라서래.

은골에 놀러 온 한 친구가 농담처럼 내뱉은 말이 저주가 된 걸까? 이런저런 실패 끝에 빚을 얻어 마지막으로 시도한 돼지감자 농사는 그들을 벼랑 끝으로 내몰고 말았다. 농사는 일종의 도박이나 다름없었고 그들은 절대 판돈을 딸 수 없는 얼치기 아마추어일 뿐이었다. 뚱딴지라고 불리며 천덕꾸러기 취급을 받던 돼지감자가 건강식품으로 각광을 받기 시작한 것은 당뇨와 변비에 좋다는 소문이 나면서부터였다. 초보 농사꾼 부부는 산기슭의 개간지를 이천

평이나 임대해 몽땅 돼지감자를 심었는데 채 재미도 보기 전에 가격이 폭락하고 말았다. 너도나도 돼지감자 농사에 뛰어든 탓이었다. 결국 산기슭에서 노란 꽃을 피우며 아름답게 숲을 이루었던 돼지감자는 잡초처럼 버려지고 힘겹게 받아낸 귀농정착금은 고스란히 빚으로 남고 말았다. 돌이켜보면 참으로 뚱딴지같은 짓이었다.

정환은 옷을 벗고 목욕을 했다. 따뜻한 물이 그리운 계절이 되었지만 기름을 아끼느라 보일러는 틀지 않았다. 이제 곧 더 혹독한 계절이 닥쳐올 터였다. 찬물이 몸에 닿자 오스스, 소름이 돋으며 절로 신음이 흘러나왔다. 하지만 모처럼 아이를 만나는데 술과 담배에 절어 악취를 풍기는 몸으로 나갈 수는 없었다. 그는 고통스럽게 피부에 와닿는 냉기를 견디며 구석구석 비누칠을 하고 머리도 박박 감았다. 그리고 수건으로 머리를 말리다 문득 거울에 비친 자신의 모습을 바라보았다. 귀를 덮은 덥수룩한 머리에 삐죽삐죽 사납게 자라난 수염, 퀭한 눈에 움푹 팬 볼살, 살이 빠져 늙은이의 그것처럼 흐물흐물 늘어진 엉덩이…… 도대체 어디서부터 잘못된 걸까? 애초에 이 은골로 들어온 게 문제였을까? 아님, 그 망할 놈의 돼지감자를 재배하겠다고 결정한 게 문제였을까? 그는 녹이 슨 면도기로 지저분한 수염을 깎아내다 날카로운 통증에 비명을 질렀다.
아!
턱에서 피가 흘러내렸다. 거울 속엔 뼈와 가죽만 남은 알몸의 사내가 인상을 잔뜩 찌푸린 채 서 있었다. 수염이 반쯤 깎여나간 깡마른 얼굴이 낯설고 혐오스러웠다. 과연 불운을 피해갈 기회가 몇 번이나 있었을까? 적막하던 은골에 돼지축사가 들어서지 않았다면 뭐가 달라졌을까? 모든 일은 지나간 다음에야 비로소 알 수 있는 법이다.

돼지축사는 이미 파탄 난 전원교향곡의 마지막 악장과도 같은 것이었다. 처음에 스무마리였던 돼지는 눈 깜짝할 사이에 열배로 불어났다. 분뇨 냄새가 진동하고 파리와 모기가 들끓었다. 돈사 주인에게 항의도 해보고 관청에 민원도 넣어보았지만 소용이 없었다. 돼지의 숫자는 점점 더 불어나기만 했다. 이듬해 장마철이 되자 은골은 지옥으로 변했다. 그곳을 무슨 지옥이라고 부를 수 있을까? 밤낮으로 악취가 진동해 두통에 시달렸고 자신들도 돼지가 되어 더러운 배설물 속에서 뒹구는 기분이었다. 아내는 그곳을 파리지옥이라고 불렀다. 축사에서 날아드는 파리떼는 그 어떤 지독한 약도 소용없었고 아무리 강력한 끈끈이도 무용지물이었다. 냄새에 민감한 아내는 한여름에도 문을 모두 닫아걸었지만 창문 틈새로 새어들어오는 악취를 막을 수는 없었다. 그녀는 하루에도 대여섯번씩 샤워를 하고 냄새가 밴 옷을 벗어 하루 종일 세탁기를 돌렸지만 돼지와의 전쟁에서 먼저 지친 건 그들이었다. 그래서 은골을 떠나는 것만이 유일한 해결책이었으나 이미 파산한 그들이 갈 곳은 아무 데도 없었다. 에덴을 찾아 지옥과도 같은 도시를 떠났으나 정작 그들이 마지막에 도착한 곳은 아무리 발버둥쳐도 절대 빠져나올 수 없는 거대한 파리지옥의 끈끈이 속이었다.

＊

아내는 버스정류장에 아이를 데리고 나와 있었다.

―아빠!

은우가 먼저 정환을 발견하고 뛰어왔다. 그는 아이를 안으며 이혼한 아내에게 어색하게 미소를 지어 보였다. 그녀는 잔뜩 화가 나 있었다.

―도대체 지금 몇신데……!

그녀는 뭐라고 한바탕 퍼부으려다 말도 하기 싫다는 듯 입술을 깨물고 은우의 가방을 건넸다.

―내일 오후 다섯시까지 데리고 와. 언니네 식구랑 같이 저녁 먹기로 했으니까 늦지 말고. 그리고……

아내는 지갑에서 만원짜리 두장을 꺼내 건넸다.

―은우 맛있는 거 사줘. 술 사 먹지 말고.

그가 사양하지 않고 돈을 받아 되는대로 주머니에 구겨넣자 그녀는 지폐 한장을 더 꺼내 건넸다. 정환이 이번엔 손사래를 쳤다.

―됐어. 이거면 충분해.

지폐를 도로 지갑에 집어넣는 아내에게서 희미하게 참기름 냄새가 풍겼다. 그녀는 자신의 친언니와 함께 아파트 상가에서 김밥집을 운영하고 있었다. 말이 동업이지 실은 돈을 댄 언니에게 얹혀지내는 꼴이었는데 그나마 서로 성격이 맞지 않아 자주 언성을 높이고 다투는 모양이었다. 그들 부부도 한동안 은골이 떠나가라 매일 밤 소리를 지르며 싸우던 시절이 있었다.

내 뜻대로 한 건 아무것도 없어! 생각해봐. 여기 은골로 내려오자고 한 것도 당신이었고 돼지감자 농사를 짓자고 한 것도 당신이었어. 뭐든지 당신 말대로만 했는데 그 결과가 이거야. 결국 당신의 허영심이 모든 걸 다 망친 거라고! 그런데 왜 씨발, 나한테만 지랄이야!

여자는 절대 도시를 떠나 살 수 없다는 주변 사람들의 주장과 달리 아내는 처음부터 귀농에 매우 적극적이었다. 그것은 그녀가 환경운동 계열의 시민단체에서 열심히 활동한 이력과 무관하지 않다. 그녀는 시골로 내려오기 전부터 이미 비누와 생리대를 직접 만들어서 사용했고 언제나 친환경 제품들만을 고집했다. 그것을 그녀는 '대안적 삶'이라고 했다. 정환은 그 대안적 삶의 실체가 무엇인지, 그리고 그것이 과연 거대기업이 지배하는 매트릭스의 그물망에서 얼마나 의미가 있을지 의심스러웠지만 별다른 토를 달진 않았다. 다만 개량한복만은 제발이지 입고 다니지 말라고 부탁했다. 개량한복이 뭐가 어때서 그러느냐고 반문하자 그는 그냥 촌스럽기 때문이라고 했다.

개량한복을 입은 여자와 섹스를 하고 싶은 남자는 이 세상에 아무도 없을 거야.

정환은 아내의 다소 유난스러운 점을 언제나 유머로 웃어넘겼다. 하지만 그것이 한때 소설가 지망생이었던 그녀가 자신을 드러내고 과시하기 위한 방편으로 택한 애티튜드일 뿐이라는 것을 모르지 않았다. 거기엔 예술가가 되고 싶었지만 끝내 예술가가 되지 못한 안쓰러움과 포기하고 싶어도 끝내 포기할 수 없었던 그녀만의 소박한 허영심이 담겨 있었다. 그는 애써 그것까지 까발려서 상처를 주고 싶진 않았다. 아니, 오히려 그런 허영심을 지켜주고 싶은 마음도 있었다. 아내는 이미 귀농에 대해 많은 정보를 가지고 있었고 불안하리만치 강한 확신이 있었다. 도시에서 직장을 잃은 이들이 새로운 금맥이라도 발견한 듯 너도나도 시골로 향할 때 엉거주춤 엉덩이를 빼고 있던 그를 닦달해 귀농 대열에 합류하게 한 것도 결국 아내였다. 하지만 인생은 유머로만 채워질 수는 없는 법. 대안적 삶에 대한 희망은 유머조차 되지 못한 채 오년 만에 막을 내리고 말았다.

─은우야, 숙제 잊어버리지 마. 자기 전에 꼭 이 닦고, 알았지?

아내는 아이와 인사를 나눈 뒤 몇발짝 걸어가다 뒤를 돌아보고 손을 흔들었다. 정환은 그녀가 자신을 향해 손을 흔든 건지 아이에게 손을 흔든 건지 알 수 없어 엉거주춤 마주 손을 들었지만 그녀는 차가운 얼굴로 외면한 채 등을 돌려 멀어져갔다. 불안한 듯 종종걸음으로 낙엽이 쌓인 가로수 길을 따라 멀어지는 그녀의 뒷모습에는 더이상 대안적 삶에 대한 전망도, 그 어떤 허영의 흔적도 남아 있지 않았다. 그저 김밥 한줄보다 더 빈곤해진 이혼녀의 삭막한 현실만이 가냘픈 어깨 위에 아프게 얹혀 있었다.

컹컹!

아이를 데리고 집으로 돌아오는 길이었다. 축사 옆을 지날 때 커다란 셰퍼드가 무섭게 짖어댔다. 아이는 기겁을 하고 정환의 팔에 매달렸다.

──아빠, 무서워.

금방이라도 울음을 터뜨릴 듯 아이의 얼굴은 겁에 질려 있었다.

──괜찮아. 봐, 줄에 묶여 있잖아.

정환은 아이를 끌어안으며 개를 노려보았다. 축사 입구에 묶여 있는 개는 주둥이와 등의 흑색 털이 도드라진 독일산 셰퍼드였다. 비록 순종은 아니었지만 덩치로 보나 사나운 눈동자로 보나 번견(番犬)으로 쓰기에 조금도 모자람이 없어 보였다. 셰퍼드는 순종의 명석함과 잡종의 교활함을 모두 갖춘 듯 얼마 전엔 커다란 멧비둘기 한마리를 잡은 적도 있었다. 묶여 있는 개가 어떻게 날아다니는 새를 잡았는지 알 수 없지만 개집 주위에 새털이 흩어져 있고 멧비둘기는 형체도 없이 갈기갈기 몸이 찢긴 채 피투성이가 되어 죽어 있었다. 죽은 새를 뜯어 먹었는지 개의 주둥이에도 피가 잔뜩 묻어 있었다. 정환은 마치 그들의 불운이 모두 그 셰퍼드 때문인 듯 불쑥 적의가 치솟았다. 그래서 돌멩이를 주워 개를 겨냥하고 힘껏 집어 던졌다.

이 개새끼!

돌멩이는 아슬아슬하게 개를 빗나가 개집을 맞추고 코앞에 떨어졌다. 셰퍼드는 코를 킁킁대며 돌멩이의 냄새를 맡아보다 지루한 표정으로 길게 하품을 했다. 그리고 바닥에 엎드려 무심한 듯 의뭉스런 눈길로 정환과 아이를 힐끗거렸다.

　—아빠, 아빠! 이리 와봐!

　아이의 놀란 목소리가 계곡을 울렸다. 은우가 고사리만 한 손으로 작은 바위 하나를 뒤집어놓았는데 그 밑에 가재 한마리가 납작 엎드려 있었다. 아이는 두려워하면서도 잔뜩 흥분한 듯 발을 까불며 가재를 가리켰다.

　—이거 봐, 이거!

　—응, 가재구나.

　—가재?

　—그래, 이게 바로 가재야. 가재 알지?

　—로브스터?

　—로브스터는 바다에서 사는 가재고 이건 민물에 사는 가재야. 민물이 뭔지 알아?

　—민물 알아. 바닷물이 아닌 게 민물이잖아.

　—그래, 우리 은우 똑똑하구나.

　정환은 웃으며 가재를 잡아 은우에게 건네주었다.

　—조심해. 집게에 물릴 수도 있어.

　겨우 엄지손가락만 한 작은 가재였지만 은우는 살아 있는 생명체가 주는 짜릿한 긴장에 물을 첨벙거리며 연신 기쁨의 비명을 질러댔다.

그들이 은골로 내려온 것은 폭죽이 터지듯 찬란한 봄이 막 시작된 경칩 무렵이었다. 밤새 개구리가 울어대고 저수지 방죽을 따라 누런 잔디 사이에서 꽃다지가 고개를 내밀었다. 자고 일어나면 못 보던 꽃들이 홀연히 나타나 발길을 붙들었다. 아내는 무거운 식물도감을 배낭에 넣어 가지고 다니며 산야초의 이름을 열심히 공부했다. 그리고 눈에 보이는 대로 디지털카메라에 담아 블로그에 올렸다. 그러는 동안 정환도 조금씩 귀농생활에 적응해가고 있었다. 이전까지 몰랐던 새로운 세계가 열리는 느낌이었다. 봄이 지나는 동안 그들은 할미꽃이 그토록 변화무쌍하고 화려한 꽃이라는 걸 처음 알았다. 매화가 지는가 싶더니 어느새 가지 끝에 푸른 열매를 주렁주렁 매달고 있었다.

천변만화(千變萬化)!

봄이 깊어가며 매실이 굵어지고 뽕나무엔 오디가 흐드러지게 매달렸다. 그 열매를 맛보며 두사람은 앞날에 대한 걱정과 시름을 잊었다. 그들은 새순을 뜯어 나물을 해 먹고 열매를 따서 술을 담았다. 참나물을 뜯기 위해 배낭을 메고 수백 미터가 넘는 산을 오르기도 했다. 그렇게 나물을 뜯어 산을 내려오다 땀에 전 옷을 모두 벗어 던지고 계곡에서 함께 목욕을 했다. 두 가슴과 그곳까지 내논 아사달 아사녀처럼 그들은 부끄럼 빛내며 사랑을 나누었다.

저녁이면 평상에 누워 별 구경을 했다. 도시의 불빛에 가려 있던 우주가 그 존재를 드러내자 넋을 잃을 만큼 아름다운 장면에 절로 탄성이 흘러나왔다. 그 어디에서도 볼 수 없는 압도적인 스펙터

클이었다. 은하수는 그들의 귀농을 축복하듯 남북을 길게 가로질러 머리 위에서 빛나고 있었다. 밤하늘 가득 박혀 있는 별들 가운데 좀생이별과 오리온성운을 찾아 서로 호들갑스럽게 손가락으로 가리키며 연신 과장된 환호성을 질러댔다. 그곳에선 눈앞에서 벌어지는 하나하나의 현상이, 손으로 만져지는 하나하나의 사물이 모두 경이고 환희였다. 그리고 이듬해 아이가 태어나자 은골의 은(隱)자를 돌림자에 붙여 은우라고 이름을 지었다.

정환은 모처럼 삼겹살을 구워 아이와 함께 저녁을 먹었다. 술은 한방울도 마시지 않았다. 두사람은 나란히 누워 텔레비전을 보았는데 새근거리는 소리에 돌아보니 아이는 어느새 잠이 들어 있었다. 오랜만에 야외에서 뛰어다니느라 피곤한 모양이었다. 정환은 이불을 덮어주며 잠든 아이의 얼굴을 물끄러미 들여다보았다. 열살도 채 되지 않은 어린 나이임에도 불구하고 얼굴엔 이미 짙은 그늘이 드리워져 있었다. 머루랑 다래랑 먹고 청산에 사는 푸른 꿈은 산산이 부서지고 가족은 뿔뿔이 흩어져 두달에야 겨우 한번 만나는 사이가 되었다. 그조차 얼마나 지속될지 알 수 없었다. 정환은 가슴이 답답해져 잡초가 무성한 마당으로 나와 담배를 피워물었다. 차가운 밤바람에 포도나무 잎사귀가 어둠속에서 서걱거렸고 가을이 깊어지면서 더욱 또렷해진 목성이 남쪽 하늘에서 빛나고 있었다. 그는 술 생각이 간절해 목구멍이 타는 듯했다.

정환네 부부가 은골로 내려온 뒤 한동안은 주말마다 지인들이 놀러 왔다. 전에 다니던 회사 동료나 대학 동기들이었다. 그들은 마당 한복판에 바비큐 그릴을 설치하고 고기를 구워 먹으며 술을 마셨다.

캬! 역시 시골은 공기가 달라. 아무리 마셔도 취하질 않잖아.

과연 공기가 좋은 데서 술을 마시면 아무리 마셔도 안 취하는지는 알 수 없지만 그들은 다람쥐 쳇바퀴 같은 도시생활에서 탈출한 얼치기 농사꾼을 부러워하며 소주잔을 기울였다. 하지만 축제는 짧았고 달콤한 축배는 곧 쓰디쓴 독배로 변하고 말았다. 돼지감자 농사를 망치고 파산하자 서리가 내리면 파리가 자취를 감추듯 아무도 은골을 찾아오지 않았다. 은골은 젖과 꿀이 흐르는 가나안 땅이 아니었다. 땅은 척박했고 농약과 비료 없인 아무것도 내어주지 않았다. 저축해놓은 돈은 금세 바닥났고 빚은 늘어만 갔다. 시골이라고 돈 없이 살 수 있는 건 아니었다. 그리고 경제활동으로 치자면 농사는 영 젬병인 일이었다. 그제야 비로소 그들은 자신의 아비가 왜 일찍이 아름다운 고향을 뒤로하고 슬픔 많은 도시로 떠났는지 아프게 깨달았다.

아내는 밤마다 괴로워서 울고 남자는 밤마다 괴로워서 술을 퍼마시는 생활이 얼마나 계속되었을까? 두 사람은 자신들이 이미 종착역에 도착했다는 것을 분명히 깨닫고 있었다. 잊으신 물건 없이 안녕히 가시라는 안내방송이 흘러나온 지는 오래였고 승객들도 서둘러 짐을 챙겨 모두 기차에서 내린 뒤였다. 하지만 그들은 아무 대안도 없었고 아무 데도 갈 데가 없었다. 그래서 멈춰 선 기차 안에서 차마 내리지 못하고 그저 무력한 눈으로 창밖을 바라보고 앉아 있는 꼴이었다.

그런 두사람의 결혼생활에 마침표를 찍게 한 것은 아마도 한마리의 수퇘지 때문이었을 것이다. 술에 취해 잠든 정환의 귀에 아내의 비명이 들렸다. 후다닥, 밖으로 나가보니 요크셔 수퇘지 한마리가 장독대 근처를 어슬렁거리고 있었다. 이백 킬로그램이 넘는 어마어마한 덩치였다. 허술한 축사에서 빠져나와 주위를 배회하다 집 안으로 침입한 모양이었다. 부엌에서 나오던 아내는 소금기둥이 된 듯 그 자리에 얼어붙은 채 망연자실 서 있었고 수퇘지는 마치 제가 주인인 양 마당을 주둥이로 헤집으며 돌아다녔다. 백주 대낮에 마당 한복판에서 마주친 거대한 수퇘지는 낯설고 두려웠다. 또한 엉덩이를 씰룩거리며 제멋대로 마당을 헤집는 뻔뻔스런 몸짓도 혐오스러웠다. 거대한 덩치에선 마치 저주의 기운이 뿜어져나오는 듯했다. 뜻밖의 장면에 당황한 정환은 울컥 분노가 치솟았다.

이 망할 놈의 돼지새끼!

그는 벽에 기대 있던 고무래를 집어 들고 돼지를 향해 달려들었다. 잠시 쫓고 쫓기는 소동이 일어났다. 돼지 멱따는 소리가 한동안 마당에 울려퍼졌다. 결국 닥치는 대로 휘두르는 고무래에 돼지는 꽥꽥! 비명을 지르며 장독 두개를 깨뜨리고 언덕 아래로 도망쳤다. 그가 고무래를 집어 던지고 돌아서자 아내는 다리에 힘이 풀린 듯 마당에 풀썩 주저앉았다. 파리는 여전히 천지사방을 윙윙거리며 날아다녔다. 그것이 마지막 미련의 끈을 놓게 된 계기였을까? 정환은 넋이 나간 듯 바닥에 주저앉아 있는 아내의 눈빛에서 한가닥 남은 희망의 빛이 완전히 스러지는 것을 목격했다. 얼마 뒤, 두사람은 이혼서류에 도장을 찍었고 아내는 남자만 홀로 남겨둔 채 아이와 함께 파리지옥을 탈출했다.

*

몇시나 됐을까? 일어나서 아이에게 밥을 해 먹여야 하는데 몸이 물속에 잠긴 듯 혼곤했다. 새벽까지 버티다 끝내 참지 못하고 소주 한병 반을 마시고 나서야 겨우 잠이 든 건 동이 터올 무렵이었다. 잠을 자는 내내 악몽을 꾸었다. 머리가 깨질 듯 아팠고 속이 메슥거렸다. 잠결에 무슨 소리가 들린 것 같았는데…… 술이 깨지 않아 정신이 혼미했다. 뭔가 절박한 비명이 희미하게 들렸다.

은우!

정환은 반사적으로 후다닥 일어나 밖으로 뛰어나갔다. 마당에서 놀고 있어야 할 아이의 모습이 보이지 않았다. 축사 쪽에서 뭔가 날카롭게 으르렁대는 소리가 들렸다. 순간, 오싹 소름이 돋으며 심장이 덜컥 내려앉았다. 축사를 향해 득달같이 달려내려갔다. 술에 취한 다리가 제멋대로 허청거렸다. 맨발에 돌부리가 채어 발톱이 부러졌지만 통증도 느끼지 못했다. 마침내 축사 앞에 도착했을 때 그는 눈앞의 장면을 목도하고 놀라 비명을 질렀다. 축사를 지키

는 셰퍼드가 야수처럼 으르렁대며 아이를 물어뜯고 있었다. 아이
는 죽은 듯 축 늘어져 있었고 셰퍼드는 날카로운 송곳니로 아이를
물고 흔들어댔다.

　—은우야!

　정환은 무작정 셰퍼드를 향해 달려들었다. 아무런 무기도 없이
맨손이었다. 그러자 번견은 물고 있던 아이를 놓고 컹! 뛰어오르며
정환의 왼쪽 팔을 덥석 물었다. 아드득, 뼈가 부서지듯 극심한 통
증이 느껴졌다. 하지만 정환은 개의 얼굴을 향해 미친 듯이 주먹을
휘둘렀다.

　이 개새끼!

　백주 대낮에 축사 앞에서 개와 사람이 뒤엉켜 싸우고 있었다. 개
는 팔을 문 채 고개를 마구 흔들어댔다. 이미 고통을 잊은 정환의
눈에선 파란 불길이 일었다. 그는 개의 머리를 붙잡고 목을 물어뜯
었다. 하지만 인간의 퇴화된 송곳니는 무성한 털과 두꺼운 가죽에
막혀 별다른 효과가 없었다. 그는 얼굴을 힘껏 털 속에 처박으며
더 깊이 이빨을 박아넣었다. 그제야 뭔가 고통이 느껴지는지 셰퍼
드가 괴성을 질러댔다.

　그래, 이 똥개새끼야! 송곳니는 나에게도 있다. 네가 독일산 셰
퍼드면 나는 분노에 찬 핏불, 너 따위 잡종과는 상대도 안되는 야
생의 늑대다!

　입안으로 찝찌름한 피가 흘러들었다. 셰퍼드가 더이상 견디지
못하고 세차게 몸부림을 쳤다. 그 통에 겨우 그의 이빨에서 벗어난

개는 낑낑대며 재빨리 개집 안으로 도망쳐 숨어버렸다. 그제야 정환은 은우를 내려다보았다. 아이는 바닥에 죽은 듯 누워 있었다. 옷이 갈기갈기 찢겨 있었고 드러난 맨살엔 흙먼지로 뒤덮인 핏자국이 선명했다.

—은우야!

정환은 아이를 끌어안았다.

—아빠······

은우는 고통스럽게 인상을 찡그리며 눈을 떴다. 그가 어떻게 개집 앞까지 왔는지 알 수 없었다. 교활한 번견이 안에 숨어 있다 기습을 한 건지도 몰랐다. 다급한 눈으로 주위를 둘러보았지만 축사에서 일하는 인부가 한명도 보이지 않았다.

—씨발, 다들 어디 간 거야!

정환은 아이를 안고 집으로 달려올라갔다. 숨이 턱까지 차올랐다. 허둥지둥 집 안으로 뛰어들어갔다. 그리고 산더미처럼 쌓여 있는 온갖 고지서들 사이에서 오토바이 키를 찾아냈다. 그는 아이를 평상에 올려놓고 오토바이를 일으켜 세웠다. 몇번의 시도 끝에 겨우 시동이 걸렸다. 몸이 축 늘어진 채 눈을 감고 있는 아이를 오토바이 뒤에 태웠다. 머릿속이 타들어가는 듯했다.

—은우야! 아빠 허리 꼭 잡아. 놓치지 말고!

그 소리에 겨우 정신을 차린 듯 아이는 본능적으로 그의 허리를 끌어안았다. 다행히 팔에 힘이 느껴졌다. 급히 오토바이를 몰고 언덕 아래로 달려내려가는데 바퀴가 돌부리에 채어 몸이 튀어올랐다. 한 손으로 아이의 팔을 힘껏 움켜쥐었다. 엄지손가락만 한 가재를 보고도 놀라 비명을 지르던 아이였는데 얼마나 무서웠을까? 아이는 두려움에 질려 절박하게 아빠를 불러댔을 것이다. 그런데도 아무 소리도 못 듣고 술에 취해 곯아떨어져 있었다니! 그는 자신에 대한 혐오감에 몸서리쳤다.

오, 하느님! 제발이지 아이에게 아무 일도 없게 해주세요.

마을 한복판을 가로질러 달려가는 동안 그는 마음속으로 절박하게 외쳐댔지만 안타깝게도 그는 신을 믿지 않았다. 이렇게 나약하고 이렇게 무능한데 신을 믿지 않는다니! 그는 그것이 얼마나 위태롭고 불행한 삶인지 새삼 깨달았다.

아이가 잠든 것을 지켜보고 병원 밖으로 나와 담배를 한대 피워 물자 비로소 통증이 몰려왔다. 걸음을 내디딜 때마다 깨진 엄지발가락이 욱신거렸고 개에게 물린 팔뚝은 눈에 띌 만큼 퉁퉁 부어 있었다. 피가 섞인 침을 뱉어내며 그는 비로소 자신의 앞니 한개가 사라졌다는 것을 깨달았다. 개가 몸부림칠 때 부러져나간 모양이었다. 역시 인간의 송곳니는 별 쓸모없는 기관이었다.

아내가 대학에 다니는 조카와 함께 급히 병원으로 달려왔을 때 그는 자신이 이 세상에서 영원히 사라졌으면 좋겠다고 생각했다. 차마 그녀의 불행한 얼굴을 마주할 용기가 없었기 때문이다. 의사는 감염만 없다면 별 문제는 없을 거라고 했다. 다행이라면 다행한 일이었지만 아내의 얼굴은 분노와 절망으로 차갑게 굳어 있었다.

—다시는 찾아오지 마. 내 앞에 한번만 더 나타나면 그땐 정말이지…… 죽여버릴 거야!

아내의 눈에선 불꽃이 튀는 듯했다. 이를 악문 입술이 부들부들 떨렸다. 그녀의 원망이 온전히 자신을 향하고 있다는 것에 조금 억울한 기분도 들었지만 아무 대꾸도 하지 않았다. 그녀는 아마도 언제나 속으로 울고 있었을 것이다. 그렇게 울고 싶어도 차마 울 수 없는 인생의 아마추어들이 또 얼마나 많을까? 그는 무슨 말인지 이해했다는 듯 천천히 고개를 끄덕였다. 그리고 담배를 바닥에 비벼 끄며 기어들어가는 목소리로 말했다.

—미안한데, 차비 좀 줘. 지갑을 안 가져왔어.

그 상황에서 돈을 달라는 게 가당하기나 한 말이었을까? 하지만 오토바이를 세워둔 마을 입구까지 걸어갈 수는 없으니 어쩔 수 없었다. 아내는 이를 악물고 잠시 노려보다 지갑에서 만원짜리 두장을 꺼내주었다. 그리고 뒤돌아서서 병원 안으로 걸어들어갔다. 회전문을 열고 들어가는 그녀의 뒷모습을 지켜보며 그는 모든 게 끝났다는 기분이 들었다. 그런데도 한동안 병원 근처를 서성이다 은 골로 가는 막차 시간이 임박해서야 겨우 자리를 떠났다.

*

정환은 마을길을 따라 집으로 걸어올라가고 있었다. 아내가 쥐여준 돈으로 마을 입구에 있는 식당에서 국밥 한그릇을 사 먹은 뒤였다. 식당 여주인이 개에 물린 아이의 안부를 물었다. 이미 마을에 소문이 난 모양이었다. 그는 괜찮다고 대답했지만 안부를 묻는 여주인의 태도에서 자신을 힐난하는 듯한 느낌을 받았다.

왜 다들 나한테만 지랄이야, 씨발……

그는 국밥을 먹으며 소주 두병을 비웠다. 결국 다시 혼자였다. 그리고 다시 남은 건 술밖에 없었다. 은행나무를 지나며 살펴보니 오토바이가 보이지 않았다. 인근에 사는 젊은 애들이 훔쳐간 모양이었다. 그것은 그의 유일한 교통수단이었지만 어떻게 되든 아무 상관이 없다는 생각이 들었다. 앞으로 오토바이를 탈 일이 있을까? 아마도 없을 것이다.

정환은 축사 옆을 지나다 길섶에 오줌을 누었다. 저만치 축사 입구에서 으르르, 낮게 위협하는 셰퍼드의 소리가 들렸다. 개는 낮의 일로 겁을 먹은 듯 개집 안에 틀어박혀 낮게 으르렁거리기만 했다. 하긴 제 놈도 개를 무는 인간을 만나본 적은 한번도 없었을 것이다! 그는 인간에게 물린 개의 인생이나 개를 물어야 하는 자신의 인생이나 고달프기는 마찬가지라는 기분이 들었다.

그래, 조금만 기다려라! 이제 다 끝났다.

집으로 들어서자 잡초가 우거진 마당엔 삽과 쇠스랑, 바람 빠진 리어카 등 농기구들이 아무렇게나 방치되어 있었다. 한쪽 구석엔 돼지감자를 씻는 세척기가 빗물에 녹슬어가고 있었다. 그 또한 빚이 되어 남은 유물이었다. 정환은 우두커니 마당 한복판에 서서 실패한 꿈의 잔해들을 지켜보았다. 그리고 잠시 후, 부엌으로 들어가 이십 리터짜리 물통을 찾아 들고 나왔다. 아내와 함께 산으로 약수를 뜨러 다닐 때 쓰던 물통이었다. 그는 뒤꼍으로 돌아가 보일러의 주유구를 열었다. 싸늘한 등유 냄새가 코를 찔렀다. 보일러 옆에 걸어놓은 호스를 주유구에 넣고 입으로 빨았다. 이가 부러져나간 자리에 석유가 닿자 신음이 절로 새어나왔다. 그는 인상을 찡그리며 피가 뒤섞인 침을 여러번 뱉어냈다. 그러는 동안 쪼르르 소리를 내며 등유가 물통 속으로 흘러들어갔다. 기름이 다 차기를 기다려 그는 물통을 들고 어둠에 잠겨 있는 축사를 향해 걸어내려갔다.

불이 모두 꺼진 축사엔 인적이 없었다. 여름내 개방해놓았던 축사는 날이 쌀쌀해지면서 창문까지 모두 닫아걸었고 보온을 위해 이미 비닐막까지 쳐놓았다. 정환은 문을 열고 축사 안으로 들어섰다. 입구에 있는 세퍼드는 으르렁대기만 할 뿐 소리 내어 짖진 않았다. 훈훈한 축사 안에서 익숙한 분뇨 냄새가 끼쳐왔다. 돼지들은 어둠속에 조용히 엎드려 있었다. 그는 가운데 통로로 걸어가며 양쪽 우리에 골고루 등유를 뿌렸다. 주말에 깃을 새로 갈아준 듯 바싹 마른 지푸라기가 바닥에 골고루 깔려 있었다. 낯선 인기척에 놀란 돼지들이 꿀꿀대며 축사 안이 소란스러워지기 시작했다. 그는 축사 끝에 쌓아둔 사료 위에까지 등유를 뿌린 후 빈 통을 바닥에 버려둔 채 주머니에서 성냥을 꺼냈다. 성냥불을 켜자 마치 유령들처럼 어둠속에서 꿀꿀대는 돼지들의 눈동자가 빨갛게 빛났다.

작은 불꽃이 포물선을 그리며 날아갔다. 그는 축사 통로를 되짚어나오면서 우리마다 성냥불을 하나씩 던져넣었다. 마치 돼지들에게 먹이를 주듯 담담하고 기계적인 동작이었다. 불길이 조금씩 커지자 놀란 돼지들이 점점 더 소란스럽게 꿀꿀거렸다.

축사 밖으로 나오자 셰퍼드가 다시 으르르, 낮게 위협하는 소리를 냈다. 그는 주머니에서 라이터 기름을 꺼냈다. 그것은 은우의 복수를 위해 특별히 준비한 거였다. 그는 개가 숨어 있는 개집 안을 향해 등유보다 휘발성이 강한 라이터 기름을 끼얹었다. 그리고 성냥을 꺼내 불을 붙여 개집을 향해 던졌다.

퍽! 소리와 함께 불길이 일자 놀란 셰퍼드가 개집 안에서 뛰쳐나왔다. 무성한 털이 삽시간에 타올랐고 개는 컹컹대며 미친 듯이 날뛰었다. 마치 악마가 울부짖는 것 같았다. 하지만 단단한 줄에 묶여 있어 도망갈 수도 없었다. 개를 묶은 쇠사슬이 팽팽하게 당겨졌다. 곧 개집에도 불이 옮겨붙었다. 지옥문을 지키는 개처럼 무서운 형상을 한 셰퍼드가 불덩이가 되어 날뛰는 모습을 지켜보는 동안 축사 안에서 꾸역꾸역 연기가 새어나오기 시작했다. 그제야 그는 등을 돌려 집을 향해 천천히 걸어올라왔다.

정환은 평상에 털썩 주저앉아 담배를 한대 피워물었다. 축사 쪽에서 검은 연기와 함께 불길이 치솟기 시작했다. 매캐한 냄새가 바람에 실려오며 짐승들의 울부짖음이 점점 더 커졌다. 꽥꽥대고 컹컹대는 소리가 마치 지옥의 한복판인 듯 끔찍했다. 타오르는 불길로 은골 입구는 대낮처럼 환해졌고 그가 앉아 있는 평상까지 열기가 느껴졌다. 불길은 어느새 바람을 타고 그의 집으로 향하고 있었다. 하지만 그는 꿈쩍도 않은 채 눈앞에서 펼쳐지는 지옥도를 지켜보았다.

어, 잘 탄다.

거대한 불바다가 된 계곡을 내려다보며 그는 비로소 자신이 진즉에 했어야 하는 일이 무엇인지 분명하게 알 것 같았다. 환청인 듯 멀리서 소방차 싸이렌이 들려왔다. 시커먼 연기 너머로 마을 입구에서 급히 달려오는 자동차 불빛도 보이는 듯했다. 그는 자리에서 일어설 생각도 않은 채 고개를 들어 연기로 뒤덮여가는 하늘을 올려다보았다. 말라버린 포도나무 잎사귀 사이로 여전히 별들이 총총히 빛나고 있었다. 문득 개에게 물린 팔이 저리게 아파왔지만 물속에 가라앉은 듯 마음은 한없이 편안했다. 그런데도 이상하게 자꾸만 눈물이 흘러내렸다.

핑
크

우라지게 추운 날이었다. 현금인출기가 있는 은행건물 현관엔 바람을 피해 들어온 대리기사 몇명이 몸을 잔뜩 옹송그린 채 복닥거리고 있었다. 대부분 서울 방향으로 가는 콜을 기다리는 축이었다. 하지만 이미 밤 열한시가 넘어 서울로 가는 콜을 잡는 건 하늘의 별 따기였다. 그나마 얼마 안 있으면 은행건물도 문을 닫아 다들 밖으로 내몰릴 처지였다. 남자는 장갑을 벗어 주머니에 쑤셔넣고 담배를 피워물었다. 밖으로 쫓겨날 때까지 버티는 수밖에 없었다. 둘러보니 모두 발을 동동 구르며 담배를 피우고 있어 좁은 현관은 금세 매캐한 연기로 가득 찼다.

　—어우, 날씨 죽이네.

　술에 취한 것처럼 빨갛게 볼이 언 대리기사 한명이 또 건물로 들이닥쳤다. 초록색 패딩점퍼를 입은 사내는 몸을 부르르 떨며 투덜거렸다.

—소사 쪽으로 오는데 길이 막혀 죽는 줄 알았네.

—왜 소사 쪽으로 왔어요? 서부간선도로로 안 오시고.

다른 이가 또 바통을 이어받았다.

—그러게, 막혀도 서부간선도로가 나은데……

다들 동의하듯 고개를 주억거렸다.

—나도 그러려고 했죠. 근데 손님이 자기는 죽어도 서부간선도로는 싫다는 거예요.

사내가 억울하다는 듯 변명했다.

—아니, 왜요?

—그거야 나도 모르죠.

—마누라를 서부간선도로에서 처음 만났나보지, 뭐.

누군가의 농담에 와르르, 웃음이 쏟아졌다.

—하여간 별 미친놈들이 다 있다니까.

대여섯이 모이면 반드시 익살꾼이 한명 끼어 있게 마련이다. 그 덕에 대리기사들은 한바탕 실없는 웃음으로 잠시 긴장을 풀고 무거운 기분을 떨쳐냈지만 곧 어색한 침묵과 함께 싸늘한 냉기가 몰려왔다.

초록색 패딩을 입은 사내는 아직 웃음기 남은 눈으로 누군가 말을 섞을 사람을 찾고 있었다. 남자는 행여 그와 눈이 마주칠세라 재빨리 고개를 돌렸다. 그는 대리기사들이 서로에게 내보이는 근거없는 관심과 호의가 불편하기만 했다. 단지 밤거리로 내몰린 초라한 인생이라는 값싼 동류의식이 무슨 위안이 될까 싶기도 했다. 만일 그렇게 해서 불행을 나눌 수만 있다면 좋겠지만 그들은 서로 아무것도 나눌 게 없는 고립된 존재들이었다. 불행은 각자의 몫이었고 그것은 혼자서 조용히 삭여야 하는 무엇이었다.

—뭐야, 이젠 눈까지 와? 환장하겠네.

새로 담배를 꺼내물었을 때 누군가 볼멘소리로 구시렁거렸다. 밖을 내다보니 과연 거리에 눈발이 날리고 있었다. 탐스러운 함박눈이 아니라 가늘게 부서진 가루눈이었다.

*

—내비에 주소 찍어놨으니까 그대로 가주세요.

남자가 운전석에 앉자 뒤에서 어린 계집애처럼 가늘고 앳된 소리가 들렸다. 술기운 하나 없이 말짱한 목소리였다. 힐끗 백미러로 뒤를 보니 어둑신한 뒷좌석엔 여자 손님이 목도리 위로 눈만 빼꼼히 내놓은 채 웅크리고 있었다.

낡은 천오백 씨씨 아반떼는 여기저기 찌그러진 자국에 페인트칠이 벗겨져 상태가 좋지 않았지만 내부는 더 끔찍했다. 대시보드 위엔 아무렇게나 던져놓은 빈 종이컵과 담뱃갑, 비닐봉지 등 쓰레기가 귀살스럽게 흩어져 있었고 조수석엔 커다란 보따리가 실려 있어 더 비좁고 답답한 느낌이었다. 안전벨트를 매고 시동을 걸자 엔진에서 쇠를 긁는 소리가 들렸다. 가는 도중에 길 한복판에서 차가 퍼지면 어쩌나 걱정스러울 정도였다. 그래도 다행인 건 코스가 나쁘지 않다는 점이었다. 장거리를 한번 뛰고 나면 늘 탈출이 문제였는데 목적지가 비교적 서울과 가까웠다. 그 정도면 운이 좋은 편이라고 자위하며 그는 골목에 세워둔 차를 몰고 조심스럽게 도로로 나섰다. 거리엔 어느새 눈이 수북하게 쌓여 있었다.

여자는 뚱뚱했다. 서양이라면 모르지만 한국에선 분명 흔치 않은 몸이었다. 밖에서 대리기사를 기다리지 않고 차 안에서 꼼짝 않고 웅크리고 있던 것이 단지 추위 때문만은 아니었을 것이다. 그녀는 목도리로 얼굴을 반쯤 가리고 있었는데 목도리와 패딩점퍼가 모두 핑크색이었다. 그래서 정체를 알 수 없는 거대한 핑크 덩어리가 뒷좌석을 꽉 채운 느낌이었다.

저런 몸집에 핑크라니! 남자는 절로 조소가 나왔지만 아무리 뚱뚱하다고 해도 차가 굴러가기만 한다면 몸무게는 그가 상관할 바가 아니었다.

도로엔 점점 더 눈이 쌓여가고 있었다. 겨우 삼만원 벌자고 무리를 했다가 차가 미끄러지기라도 하는 날엔 큰 낭패였다. 그래서 바싹 긴장해야 했지만 운전대를 잡은 남자는 바람도 없고 중력도 없는 고요한 달의 표면을 걷는 기분이었다. 초저녁에 먹은 바리움 때문이었다. 의사는 절대 약을 먹고 운전하지 말라고 경고했지만 바리움을 먹지 않으면 아무 일도 할 수 없었다. 지난 몇년간 그는 농

구공보다 작은 세계에 갇혀 지냈다. 단단한 두개골 안에서 벌어지는 일들은 늘 견디기 힘들 만큼 격렬했다. 그가 할 수 있는 건 보름에 한번 정신과를 찾아가 쥐똥만큼 작은 알약을 처방받는 것뿐이었다. 호르몬 앞에서 인간은 너무 무력한 존재였고 쥐똥만 한 알약이 그의 영혼을 지배했다.

—아저씨.

남자가 고요한 달의 표면을 걷고 있을 때였다. 아득히 먼 곳에서 앳된 소녀의 목소리가 들렸다.

—죄송한데 히터 좀 꺼주시면 안돼요?

—예?

영하 십도의 날씨에 히터를 꺼달라니! 황당했다.

—머리가 너무 아파서요.

여자가 미간을 찌푸리며 말했다. 그러고 보니 퀴퀴한 냄새가 차 안에 가득 차 있었다. 교체한 지 몇년 지났을 게 분명한 히터 필터에서 나오는 곰팡내였다. 거기에 더해 고기가 썩는 듯 정체를 알수 없는 역한 냄새와 방향제 향도 함께 뒤섞여 있어 그야말로 악취의 칵테일이었다. 하지만 한데서 떨다 들어와 겨우 몸이 따뜻해질 만했는데 히터를 꺼달라니 짜증이 났다. 차를 쓰레기통으로 만든게 누군데, 왜 자신이 추위에 떨어야 하나, 억울했다. 하지만 그는 오래전 아내와 결혼생활을 할 때처럼 아무 대꾸도 않고 그녀가 원하는 대로 히터를 껐다. 여자와 갈등이 있을 땐 언제나 그것이 가장 빠른 해결책이었다.

*

선명한 브레이크등이 눈으로 뒤덮인 도로를 빨갛게 수놓고 있었
다. 길이 막히기 시작한 거였다. 다들 앞차의 꽁무니에 붙어 조심
스럽게 기어가고 있었다. 잠시 차가 멈춰 섰을 때 남자는 석고처럼
굳은 어깨를 움직여보고 장갑을 벗어 손을 마주 비볐다.

여자는 창가에 붙어앉아 도로에 쌓여가는 눈을 바라보고 있었
다. 아무 표정도 없는 눈이었다. 나이가 몇일까, 짐작이 가지 않았
다. 얼핏 고등학교를 갓 졸업한 이십대로 보이기도 했고 두툼한 씰
루엣으로 미루어보면 사십대 중반 같기도 했다.

─실례지만 무슨 일을 하세요?

남자가 슬쩍 지나가는 투로 물었다. 손님과 좀처럼 말을 섞지 않
는 그로선 드문 일이었다.

─저요?

여자가 당황한 목소리로 되물었다. 누군가에게 질문을 받는 게
익숙지 않은 모양이었다. 하긴 저렇게 뚱뚱한 여자에게 누가 말을
걸고 싶어할까?

─옷장사해요.

그녀는 기어들어가는 목소리로 대답했다.

─그럼 이게 옷인가보군요?

그가 조수석에 놓인 보따리를 가리켰다.

—네, 맞아요.

어울리지도 않는 핑크색으로 뚱뚱한 몸을 감싼 여자에게 과연 옷을 살 사람이 있을까 싶었지만 목소리는 여전히 가늘고 앳되었다. 아무리 들어도 몸집과 전혀 어울리지 않는 목소리였다. 어쩌면 그녀는 소녀처럼 불안하고 무구한 내면을 가지고 있는 걸까? 남자는 상대를 볼 때 외모보다 목소리에 더 신경 쓰는 편이었다. 얼굴보다 목소리에 더 많은 게 담겨 있다고 믿기 때문이었다. 따라서 그 목소리가 흘러나오는 입도 중요했다. 아무리 얼굴이 예뻐도 입매가 조촐하지 못하면 도무지 관심이 가지 않았다. 그는 소녀처럼 앳된 목소리를 내보내는 입 모양이 어떨지 궁금했지만 여자는 눈만 빼꼼히 내놓은 채 얼굴 전체를 목도리로 감싸고 있었다. 그래서 그저 목소리와 몸집 사이의 간극만큼이나 커다란 비극성이 그녀의 거대한 몸 안에 도사리고 있는 느낌이었다.

—추우시죠?

뒷좌석에서 여자가 물었다. 히터를 끄게 해서 미안하다는 뜻이었다.

—뭐, 참을 만하네요.

남자가 다시 운전대를 잡으며 대답했다. 그러자 그녀가 몸을 앞으로 숙이며 물었다.

—근데, 아저씨도 그래요?

─뭐가요?

─사람들이 그러는데……

그녀는 잠시 뜸을 들이다 조심스럽게 물었다.

─대리기사들이 가장 겁나는 게 아는 사람을 만나는 거라면서요?

─뭐, 그거야 그렇죠.

그가 씁쓸한 미소로 대답했다. 대리기사 십만명 시대에 더는 특별하달 것도 없는 직업이 되었지만 언제부턴가 대리기사는 실패한 인생의 한 상징처럼 여겨지는 것도 어느정도 사실이었다. 성공한 동창생을 우연히 손님으로 만나 그의 외제차를 운전해주는 건 아무도 상상하고 싶지 않은 장면일 것이다.

─저도 그 기분이 어떤 건지 알 것 같아요.

─뭐가요?

─그러니까, 누군가 아는 사람을 만날까봐 두려운 심정 말이에요.

─그게 무슨 말이에요?

─사실 저도 학교 다닐 땐 날씬했거든요.

뜻밖에도 그녀는 자신의 특별한 몸에 대해 말하고 있었다. 뭐, 지금도 날씬하신데요, 하는 따위의 인사치레가 통할 몸이 아니었다.

─그런데 왜……?

그 지경이 됐느냐는 말이 생략된 질문이었다. 그녀는 어느정도 긴장이 풀렸는지 남의 얘기를 하듯 심드렁하게 대답했다.

─글쎄요, 남들은 우울증 때문에 살이 쪘다, 약을 잘못 먹어서 살이 쪘다, 어쩌고 하며 핑계를 대지만 전 잘 모르겠어요. 그냥 어

쩌다보니 이렇게 됐어요.

그가 고개를 끄덕였다. 하긴 세상엔 설명할 수 없는 일이 얼마나 많은가! 이번엔 여자 쪽에서 질문이 날아왔다.

—그런데 아저씨는 왜……?

역시 왜 그 지경이 됐느냐는 질문이었다.

—글쎄요, 저도 그냥 어쩌다보니 이렇게 됐네요.

대답 끝에 허허, 실소가 나왔다.

—그래도 굳이 이유를 하나 찾는다면 와이프의 기분을 망치고 싶지 않아서였다고나 할까요?

—그게 무슨 뜻이에요?

—제가 남들보다 조금 늦게 결혼을 했었거든요. 그런데 그 여자는 원하는 게 많았어요. 더 넓은 집, 더 좋은 차, 더 비싼 옷…… 늘 제가 감당하기에 버거운 것들이었죠. 하지만 전 그녀의 기분을 망치고 싶지 않았어요. 그래서 늘 무리를 할 수밖에 없었죠.

아내의 입은 뾰로통한 입이었다. 그 뾰로통한 입이 결혼생활 내내 그를 짓눌렀다. 그녀는 상대를 스스로 무능한 남자로 느끼게 만드는, 그래서 뭔가 충분치 않고, 그래서 뭔가 미안하고, 그래서 또 뭔가 더 애써야 할 것 같은 분위기를 만들 줄 아는 여자였다. 참으로 교묘한 입이었다.

—그래서 어떻게 됐는데요?

—뭐, 결국 버틸 때까지 버티다 파산하고 말았죠.

—여자 잘못 만나서 신세 망친 경우네요.

그녀는 한 대리기사의 인생을 한마디로 명쾌하게 정리해버렸다.

―아뇨, 그 여잔 아무 잘못 없어요. 그녀는 그런 대우를 받아도 될 만큼 젊고 예뻤거든요. 제가 그런 여자를 차지하기에 턱없이 능력이 부족했던 거죠. 모든 게 푼수를 몰랐던 제 잘못입니다.

그러자 그녀가 길게 한숨을 내쉬며 말했다.

―저도 아저씨 같은 사람 한번 만나봤으면 좋겠네요.

―저 같은…… 사람요?

―네, 그래도 그게 다 여자를 사랑했기 때문이잖아요.

―그렇긴 하죠.

―그리고 이제 와서 상대를 원망하지도 않고요. 보통 사람들은 자기가 잘못한 건 생각도 않고 늘 상대를 원망하거든요. 마치 자기 인생을 망친 게 상대의 잘못인 것처럼 말이에요.

그녀는 부러운 듯 푸념을 늘어놓았다. 앳된 목소리와 달리 산전수전 다 겪은 중년 여자의 어투였다. 어쩌면 그녀는 아이가 중고등학교에 다니는 중년의 나이일지도 몰랐다.

*

외곽순환도로로 들어서기 전이었다. 불이 꺼진 상가건물 아래 한 무리의 사내들이 모여 서성거리고 있었다. 한눈에 봐도 콜을 기다리는 대리기사들이었다. 그들은 일이만원짜리 행운을 찾아 진지한 얼굴로 휴대전화를 들여다보고 있었다. 마치 얼굴만 떠다니는 유령들처럼 화면의 푸른빛에 반사된 얼굴이 꺼질 듯 희미했다. 그들은 밤새 도시 이곳저곳에서 깜박거리다 새벽이 되면 흔적도 없이 사라질 터였다. 그리고 아무도 그들의 존재를 기억하는 사람이 없을 것이다. 남자는 자신이 그 무리에 속해 있지 않다는 데 작은 만족을 느꼈다. 삼만원짜리 행운을 잡아 힘겹게 도시를 탈출하는 중이었다. 아무리 길이 막혀도 날이 새기 전엔 집으로 돌아갈 수 있을 것이다.

─근데 술을 많이 안 드셨나봐요.

그는 조금 편안해진 어투로 물었다. 처음 여자를 만났을 때의 당혹감은 이미 사라지고 없었다. 아무리 살이 쪄도 그녀가 자신과 같은 부류라는 걸 깨달아가는 중이었다.

─조금 마시긴 했는데, 아무래도 안전한 게 좋을 것 같아서요.

─맞아요. 대리 부르길 잘하셨어요. 술 마시고 운전하는 놈들 보면 정말 죽이고 싶다니까요. 저 혼자 뒈지는 건 상관없는데 왜 죄 없는 남의 생명까지 해치느냐는 거예요.

그가 흥분한 듯 목소리를 높였다. 평소에 과묵한 그도 자신이 왜 쓸데없는 얘기를 늘어놓는지 이해할 수 없었다. 바리움을 너무 많이 먹었기 때문일까?

─그거 아세요? 엘살바도르에선 음주운전을 하다 걸리면 사형 이래요.

─정말요?

여자가 눈을 동그랗게 뜨며 물었다.

—아무리 그래도 그렇지, 술 먹고 운전했다고 어떻게 사형을 시킬 수가 있어요?

—전 잘하는 거라고 봐요. 보세요, 법이 물렁물렁하니까 나라가 개판이잖아요. 옛날 장개석이 있을 때 대만에선 어떻게 했는지 아세요? 범법자들을 헬리콥터에 태워서 바다에 그냥 떨어뜨렸대요. 수장한 거죠. 그래서 지금은 잘살잖아요. 범죄도 없고……

믿을 수 없는 얘기지만 장제스를 언급한 걸 보면 그는 분명 옛날 사람이었다. 장개석의 추억과 함께 중심에서 밀려나 서서히 도태되어가는 세대……

*

편의점 앞에 차를 세우자 여자가 차 문을 열고 내렸다. 남자는 운전석에 앉아 그녀가 편의점을 향해 걸어가는 것을 지켜보았다. 하얀 눈밭에 핑크색으로 물들인 거대한 눈사람이 걸어가는 것 같았다. 그럼에도 여자는 여전히 눈만 내놓은 채 목도리를 바짝 올리고 있어 끝내 얼굴은 볼 수 없었다.

여자가 편의점으로 들어가는 것을 지켜보며 내비게이션을 확인하니 목적지까지 팔 킬로미터나 더 남아 있었다. 한번도 가본 적이 없는 곳이었다. 아마도 도시 외곽인 듯했다. 탈출이 쉽지 않을 것 같았다. 남자는 굳은 몸도 풀 겸 차에서 내려 담배를 한대 피워물었다. 하늘을 올려다보니 눈이 그쳐가 아파트단지 위로 어두운 구름만 묵직하게 내려앉아 있었다. 갑자기 서울이 아득히 멀게 느껴졌다. 그는 담배를 피우며 굳은 팔다리를 움직여 가벼운 스트레칭을 했다.

　—죄송해요. 저 때문에 히터도 못 틀고……

　여자가 뒷좌석에서 비닐봉지를 부스럭거리더니 뭔가를 꺼내 앞으로 불쑥 내밀었다. 병에 든 두유였는데 방금 온장고에서 꺼내와 따뜻했다.

　—고맙습니다.

　그는 차가워진 손을 녹이느라 뚜껑을 따지 않고 한동안 병을 만지작거렸다.

　—근데, 시내가 아닌가보네요.

　아파트단지는 더이상 보이지 않았다. 드문드문 보이던 불빛들도 사라져 아반떼는 가로등도 없는 이차선도로를 달리고 있었다.

　—죄송해요. 여기서 조금만 더 가면 돼요.

　여자는 조금이라고 말했지만 내비게이션엔 아직도 오 킬로미터나 더 남아 있었다. 서울 근교에 들어선 신도시는 대단위 아파트단지가 덜렁 들어섰을 뿐, 도심을 벗어나니 온통 야산과 논밭이 펼쳐진 한적한 시골이었다. 이렇게 외진 곳이라는 걸 미리 알았다면 콜을 받지도 않았을 텐데, 슬슬 부아가 치밀었다. 차량통행이 거의 없는 이차선도로는 눈이 녹지 않아 중앙선도 보이지 않았다. 허허벌판의 눈밭을 달리는 기분이었다.

　눈앞에 막 삼거리가 나타났을 때였다. 차 안에서 난데없이 야옹!

날카로운 고양이 울음소리가 들렸다. 두유를 마시던 그는 놀라 반사적으로 브레이크를 밟았다. 차가 미끄러지며 빙그르르 길 한복판에서 회전했다. 여자가 끼약! 괴물처럼 비명을 질렀다. 그 소리에 더 놀라 자신도 모르게 눈을 질끈 감았다. 한바퀴, 두바퀴, 바리움을 잔뜩 먹었을 때처럼 머리가 어지러웠다. 그리고 어느 순간 쿵, 하는 충격과 함께 차가 멈춰 섰다.

*

아반떼가 처박힌 곳은 길가에 눈을 치워 쌓아둔 눈구덩이였다. 그것이 범퍼 역할을 했는지 시동도 꺼지지 않은 채 차는 말짱했다. 속도가 느렸기에 천만다행이었다.

—이게 무슨 소리예요?

남자는 겨우 정신을 차리고 차 안을 둘러보았다. 여자는 몸을 잔뜩 웅크린 채 겁에 질린 얼굴로 쳐다보았다. 이때 다시 야옹, 고양이 소리가 들렸다. 조수석에 놓여 있는 보따리 안이었다. 매듭을 풀어보니 옷가지들 틈에서 고양이의 눈동자가 번쩍하며 빛났다. 순간, 모골이 송연했다. 왜 술도 마시지 않은 여자가 굳이 대리기사를 불러 이런 한적한 곳까지 데려왔단 말인가. 게다가 기분 나쁘게도 고양이는 온통 검은색이었다. 여자가 좀더 날씬하고 예뻤다면 그는 아마도 자신이 귀신에 홀린 거라고 생각했을 것이다. 하지만 여자는 귀신이 되기엔 너무 뚱뚱했다. 게다가 핑크색 패딩은 귀신과 어울리지 않았다. 고양이는 어느 틈엔가 보따리에서 튀어나와 여자의 품에 안겨 있었다.

—죄송해요. 고양이를 데려가야 되는데 대리기사분들이 왠지 기분 나빠할 것 같아서요.

—미리 얘기를 해주셨어야지, 사고 날 뻔했잖아요.

—죄송해요. 콩이가 원래 차를 타면 얌전한데 보따리 안에 너무 오래 있었나봐요.

콩이는 아마 고양이의 이름인 듯했다.

—근데 도대체 여긴 어디예요?

—이제 다 왔어요. 왼쪽 길로 조금만 더 들어가시면 돼요.

당황한 여자는 목도리가 흘러내린 것도 모른 채 죄송하다는 말을 연발했다. 그제야 남자는 여자의 얼굴을 제대로 볼 수 있었다. 뜻밖에도 입매가 단정하고 복스러웠다. 살만 찌지 않았다면 나름대로 매력이 있는 얼굴이라고 생각했다.

남자는 운전대를 이리저리 틀어 눈구덩이에서 빠져나오려고 애썼다. 하지만 바퀴가 깊이 빠진 듯 부양, 공회전을 하며 좀처럼 앞으로 나아가지 못했다. 후진과 전진을 반복하다 결국 운전석에서 내려 바퀴를 살펴보니 예상한 대로 뒷바퀴가 눈구덩이에 깊이 파묻혀 있었다.

—제가 차를 밀 테니까 운전대 좀 잡아보세요.

남자의 부탁에 여자는 꾸물꾸물 뒷좌석에서 기어나와 운전석으로 자리를 옮겼다. 덩치로만 따지면 그녀가 차를 미는 게 나을 수도 있었겠지만 여자에게 험한 일을 시킬 수는 없는 노릇이었다.

—액셀러레이터를 천천히 밟으면서 운전대를 왼쪽으로 트세요.

—네, 알았어요.

—하나, 둘, 셋 하면 밟으세요.

남자는 차 뒤로 돌아가 큰 소리로 외쳤다.

—하나, 둘, 셋!

남자가 끙, 하고 힘을 쓰는 순간 브레이크등에 빨갛게 불이 들어왔다. 환장하겠네! 남자는 운전석으로 다가가 버럭 고함을 질렀다.

—액셀을 밟으라니까 왜 브레이크를 밟아요! 운전할 줄 몰라요?

울상이 된 여자의 얼굴을 보는 순간, 그는 깨달았다. 여자는 운전을 할 줄 모른다. 그래서 대리기사를 부른 거였다. 운전을 할 줄 알았다면 자신을 여기까지 끌고 오지도 않았을 것이다. 그러니 당연히 아반떼는 여자의 소유가 아니다. 비록 뚱뚱하기는 하지만 차 안을 쓰레기통으로 만들 만큼 지저분한 스타일로 보이지는 않는다. 담배도 피우지 않을 것이다. 그렇다면 차 주인은 어디에 있는 걸까? 그는 머리가 복잡했지만 자신이 상관할 일이 아니었다. 그리고 중요한 건 당장 눈구덩이에서 탈출하는 거였다.

—자, 왼쪽이 브레이크고 오른쪽이 액셀러레이터예요. 너무 세게 밟지 말고…… 네, 지금 밟아보세요. 그렇지…… 네, 좋아요.

남자는 애써 차분한 목소리로 요령을 가르쳐주었다. 혼이 나간 듯 당황한 사람을 윽박지르는 건 옳지 않은 방식이다. 게다가 커다란 덩치에 쩔쩔매는 여자의 모습이 안쓰럽기도 했다.

　—하나, 둘, 셋!

　남자가 힘을 쓰는 것과 동시에 윙, 요란하게 헛바퀴를 치더니 마침내 덜컹, 하며 아반떼가 눈구덩이에서 빠져나왔다. 그 통에 남자는 매연을 뒤집어쓰고 바닥에 코방아를 찧었다. 젠장! 고개를 들어보니 저만치 승용차가 달려가고 있었다. 그는 퍼뜩, 자신이 함정에 빠진 게 아닌가 의심이 들었다.

　—어이! 스톱! 스톱!

　그는 승용차를 쫓아가며 다급하게 외쳤다. 그러다 이번엔 도로 한복판에서 엉덩방아를 찧고 말았다.

　끙, 신음소리를 내며 겨우 일어서니 오십여 미터 앞에 차가 멈춰 서 있었다. 숨을 헐떡거리며 승용차에 다가갔을 때, 그는 트렁크 문이 열려 있는 것을 발견했다. 눈구덩이에서 빠져나올 때의 충격 때문에 고리가 헐거워진 모양이었다. 여자도 당황한 얼굴로 차에서 내렸다.

　—죄송해요, 정말.

　그녀는 뚱뚱한 몸을 조아리며 연신 사과했다.

　—아니, 그냥 무턱대고 밟으면 어떡해요!

　남자는 투덜거리며 트렁크 문을 닫으려다 문득, 차 주인의 얼굴과 마주쳤다. 사십대 초반쯤 되었을까. 모로 누워 잠든 것처럼 사내는 트렁크 바닥에 누워 있었다. 손을 흔들며 안녕, 해주고 싶은 기분이 들 만큼 얌전한 자세였다. 하지만 분명 살아 있는 사람의 얼굴은 아니었다. 그는 트렁크에 누워 있는 낯선 시체와 여자를 번갈아가며 쳐다보았다. 그녀는 몇발짝 떨어진 곳에 서서 죽은 사내를 내려다보고 있었다. 더는 당황한 얼굴이 아니었다. 모든 걸 체념한 듯 허탈한 표정 속에 증오로 이글거리는 눈빛이 트렁크 안의 사내를 쏘아보고 있었다. 남자는 아무 생각도 떠오르지 않았다. 그저 여자가 차 안에 방향제를 잔뜩 뿌려놓은 이유와 히터를 틀지 말라고한 이유가 뭔지 알 것 같았다. 그리고 이 심상치 않은 여행의 끝이 어디일까, 궁금했다. 잠시 시체를 내려다보던 그는 쾅, 소리가 나게 트렁크 문을 닫고 여자를 향해 돌아섰다.

—여기서 얼마나 더 가야 되는 거죠?

*

오솔길처럼 좁은 길이 한동안 이어졌다. 차가 다닌 흔적도 없이 길 위엔 고운 가루눈이 소복이 쌓여 있었다. 불빛 하나 없는 외진 길이었다. 어둠속에서 남자는 뒤를 돌아보았다. 여자는 고양이를 끌어안은 채 말없이 창밖을 내다보고 있었다. 죽은 남자는 여자와 어떤 사이일까? 그리고 여자는 왜 남자를 죽인 걸까? 단순한 사고였을까, 아니면 보험금을 노린 살인극일까? 도대체 그녀는 시체를 싣고 어디로 가려는 걸까? 궁금한 게 많았지만 남자는 아무 질문도 하지 않았다.

―저 앞에 세워주실래요?

　시체를 싣고 가는 와중에도 여자의 목소리는 여전히 앳된 소녀 같았다. 그 기묘한 상황에 남자는 쓴웃음이 나왔다. 여자가 가리키는 곳에 차를 세웠을 때 그는 그녀가 왜 그 외진 곳까지 차를 끌고 오려고 했는지 이해할 수 있었다.

　눈앞엔 작은 저수지가 펼쳐져 있었다. 꽁꽁 언 얼음 위로 하얗게 눈이 덮여 있고 어딘가에 수문이 있는 듯 어둠속에서 희미하게 물 흐르는 소리가 들렸다. 여자의 계획은 저수지에 차를 밀어넣으려는 거였다. 자동차 불빛에 비친 저수지를 물끄러미 바라보던 남자는 싸이드브레이크를 풀어놓은 채 운전석에서 내렸다. 저수지 너머 멀리 신도시가 눈에 들어왔다.

　남자는 언덕을 걸어내려가며 담배를 한대 피워물었다. 삼거리까지 내려가서 택시를 부를 참이었다. 경찰에 신고할 생각은 전혀 없었다. 뭐하러 귀찮은 일을 자청해서 한단 말인가! 그는 모범시민이 되고 싶은 생각은 추호도 없었다. 밤새 시체 운반을 도와준 꼴이 되었으니 공범으로 덤터기나 쓰지 않으면 다행이었다. 그는 담배를 피우며 앞으로 벌어질 일을 상상해보았다. 여자는 끙끙대며 사내의 시체를 운전석으로 끌고 가 자리에 앉힐 것이다. 안전벨트를 매주고 차를 저수지로 밀어넣겠지. 마침 내리막이어서 여자 혼자의 힘으로도 충분할 것이다. 목격자가 한명 있지만 걱정할 필요는 없다. 그는 과묵하고 남의 일에 끼어드는 것을 좋아하는 타입이 아니니까. 그리고 경찰과 상대하는 것을 죽기보다 싫어하는 남자니까. 혹시 나중에 마음이 바뀌어 신고하려고 해도 그가 기억할 수 있는 건 목도리 위로 보이던 반짝이는 눈과 어린애처럼 앳된 목소리, 그리고 눈사람처럼 거대한 핑크 덩어리뿐이었다.

남자는 주머니에 든 돈을 만지작거렸다. 헤어지기 전, 여자는 지갑을 꺼내 안에 든 돈을 몽땅 대리기사에게 털어주었다. 여전히 죄송하다는 말과 함께. 그는 돈을 세어볼까 하다 그만두었다. 주머니에서 손을 꺼내기도 귀찮았다. 지갑을 다 털어주었다고 해도 그리 큰 액수는 아닐 것 같았다. 이때, 남자의 머릿속에 어떤 생각이 스쳐갔다. 여자가 가진 돈을 몽땅 털어주었다면 그녀는 집으로 돌아갈 생각이 없는 것이다. 그렇다면……? 남자는 우뚝 멈춰 서서 저수지 쪽을 돌아보았다. 여자는 사내의 시체를 트렁크에 싣고 함께 저수지 안으로 들어가려는 거였다. 그렇게 이 추운 세상과 이별하려는 거였다. 이제 그녀의 사연은 저수지에 잠겨 영원히 미스터리로 남게 될 터였다. 그는 잠시 멈칫했지만 여자가 죽든 말든 자신과는 아무 상관도 없는 일이라고 생각했다. 오히려 그의 입장에선 여자가 사라지는 편이 더 나을 수도 있다. 길 한복판에 서서 망설이는 동안 문득, 여자의 단정한 입매가 떠올랐다.

*

여자는 운전석에 앉아 울고 있었다. 승용차의 시동은 꺼져 있었고 눈앞엔 능수버들의 씰루엣이 어둠속에서 번란스럽게 어른거렸다. 고양이가 그녀의 품에 안겨 차가운 손을 핥았다. 이때, 덜컥 조수석 문이 열리고 대리기사의 얼굴이 쑥 들어왔다. 여자가 놀라 쳐다보자, 남자는 여자가 안고 있는 고양이를 가리켰다.

—그 고양이, 내가 데려다 키워도 돼요?

—네?

여자가 무슨 뜻인지 몰라 되물었다.

—고양이까지 죽을 필요는 없잖아요.

그제야 여자는 남자가 무슨 말을 하는지 깨닫고 고양이를 내려다보았다. 어린 짐승의 반짝이는 눈동자가 애처롭게 자신을 올려다보고 있었다. 그녀는 말없이 고양이를 남자에게 건네주었다. 그러곤 다시 흑, 울음을 터뜨렸다. 그는 잠시 고양이의 머리를 쓰다듬다 지나가는 말처럼 심상하게 물었다.

—이름이 뭐예요?

여자가 코를 훌쩍이며 대답했다.

—콩이요.

—아니, 고양이 말고 그쪽 이름요.

—저요?

여자가 당황한 듯 눈물이 그렁그렁한 눈으로 쳐다보았다.

—여기 또 누가 있어요?

—이, 이수정이에요.

남자는 고양이와 여자를 번갈아 보다 다시 입을 열었다.

─여기 저수지가 꽤 깊은 것 같은데, 아마 봄이나 돼야 차가 발견될 거예요. 운이 좋으면 몇년 더 걸릴 수도 있고요. 그동안 물속에서 증거도 다 사라지겠죠. 혹시 발견되더라도 아마 다들 자살이라고 생각할 거예요. 그러니까 내 생각엔 그쪽까지 이 차가운 얼음물에 들어갈 필요는 없을 것 같은데……

여자는 훌쩍거리며 고개를 끄덕였다.

─처음엔 나도 죽을 생각은 없었어요. 차를 저수지에 빠뜨리고 집으로 돌아가려고 했죠. 그런데 다 엉망이 되었어요.

아마 그랬을 것이다. 엉뚱한 데서 고양이가 튀어나오고, 운전도 못하는데 차는 눈구덩이에 빠지고, 트렁크 문이 열리고……

─오는 동안 너무 힘들고 무서웠어요. 그리고 이젠 정말이지 아무 생각도 안 나요.

그녀는 더욱 서럽게 흐느꼈다.

─엉망이 되었으면 이제라도 바로잡아야죠.

남자의 말에 여자가 무슨 뜻이냐는 듯 쳐다보았다.

─원래의 계획대로 하면 되잖아요. 차를 빠뜨리고 집으로 돌아가는 것.

─하지만 목격자가 있잖아요.

여자가 훌쩍거리며 말했다.

─목격자?

─아저씨가 다 봤잖아요. 트렁크에 뭐가 실려 있는지.

─내가 도대체 뭘 봤다는 거죠?

여자가 고개를 들어 남자의 눈을 바라보았다. 진심이 뭔지 알고 싶어하는 눈빛이었다. 남자는 그녀의 흔들리는 눈동자를 똑바로 바라보며 말했다.

—난 그저 돈을 받고 대리운전을 해준 것밖에 없어요.

두사람은 눈 덮인 밤길을 걷고 있었다. 고양이는 여자의 품에 안겨 가르랑거렸다. 택시를 부를까 하다 혹시 몰라 안전하게 시내까지 걸어가기로 했다. 두사람은 길가에 붙어 호호 손을 불어가며 조심스럽게 걸었다. 어마! 여자가 미끄러져 비틀거리자 남자가 재빨리 팔을 잡아주었다. 물컹, 하며 풍만한 가슴이 팔꿈치에 와닿았다. 여자의 고운 입매가 수줍은 듯 배시시 미소를 지었다. 그는 시내에 가서 함께 해장국을 먹고 그녀를 자신의 집으로 데려갈 참이었다. 혼자 집으로 돌아가는 건 너무 무섭다고 했다. 어차피 마땅히 갈 데도 없어 보였다.

그날은 둘다 쉽게 잠을 이루지 못할 것 같았다. 하지만 그에겐 졸피뎀이 몇알 남아 있었다. 수면제를 먹고 푹 자고 일어나면 그의 휑한 방엔 풍성한 여자의 살냄새가 가득 차 있을 것이다. 시내의 불빛이 점점 더 가까워오고 있었다. 남자는 문득 저수지 쪽을 돌아보았다. 날이 밝고 눈이 녹으면 대리기사가 다녀간 자취는 흔적도 없이 사라질 터였다. 차는 부드럽게 저수지 안으로 점점 더 깊이 잠겨들고 죽은 사내는 안전벨트에 몸이 묶인 채 차가운 물속에서 서서히 부패할 것이다. 오래전 그의 아내가 그랬듯이.

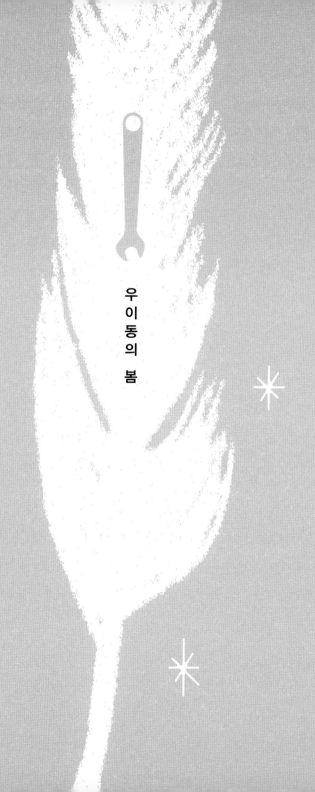

우이동의 봄

언젠가 나는 주변 사람들 모두에게 거짓말을 해야 했던 적이 있다. 그것은 나의 할아버지에 관한 일로, 오랜 시간이 흐른 지금도 여전히 내 의식을 무겁게 짓누르고 있다. 잠자리에 누우면 어디선가 희미하게 할아버지의 기침소리가 들리는 듯해 마음이 적잖이 심란해지곤 하는 것이다. 아득한 생의 저편에서 들려오는 그 기침소리는 우리가 서 있는 발밑엔 언제나 슬픔의 강이 흐르고, 어디서 무엇을 하며 살든 결국 우리가 도착할 곳이 어디라는 것을 깨닫게 해주는 인생의 준엄한 전언처럼 내 귓가를 떠나지 않고 맴돌고 있다.

애야, 잊지 마라. 사는 건 누구나 다 매한가지란다. 그러니 딱히 억울해할 일도 없고 유난 떨 일도 없단다.

당시 나는 군대를 갓 제대하고 청량리 근처의 한 옹색한 셋방에서 할아버지, 할머니와 함께 살았다. 우리가 세 든 집은 서른평 남짓한 작은 한옥이었는데, 주인집을 포함해 모두 네가구가 모여 살다보니 구성원이 전부 몇명인지도 모를 만큼 많은 사람이 한 공간에서 복닥거렸다. 사람들은 아침마다 각자의 방에서 칫솔을 물고 나와 수돗가를 차지하기 위해 서로 엉덩이를 부딪쳤다. 나중에 알고 보니 그 작은 집엔 놀랍게도 방이 모두 일곱개나 있었다. 주인이 사글세를 받기 위해 편의상 되는대로 칸을 나눠 방을 들이다보니 그런 기형적인 구조가 된 거였다.

우리가 기거하는 방도 마찬가지였다. 방 한개를 미닫이문으로 나눠 두칸으로 만드는 바람에 안쪽에 있는 내 방은 혼자 누워도 꽉 찰 만큼 비좁고 옹색했다. 게다가 출입문이 하나밖에 없어 내 방으로 들어가기 위해선 할아버지가 쓰는 방을 통과해야 했는데 몇걸음 안되는 그 짧은 순간에도 할아버지는 언제나 재빨리 내 안색을 살피곤 했다. 방을 지날 때마다 나는 스스로 아무것도 할 수 없는 노인의 무력한 호기심이 안쓰러운 한편, 정탐하는 듯한 집요한 눈길이 부담스럽기도 했다. 밥을 먹는 동안에도 할아버지는 내가 하는 일에 대해 꼬치꼬치 캐묻곤 했는데 그 또한 고역이었다.

—그래, 네가 다니는 회사가 뭐하는 회사라고?

—무역회사라고 전에 말씀드렸잖아요.

—그런데 옷이 왜 그 모양이냐?

—옷이…… 왜요?

—네 할미가 빨래를 할 때 보니까 구정물이 나오는데 중랑천 똥물보다 더 더럽더구나.

—그건……

—신발도 지난주에 빨아 신은 것 같은데 벌써 걸레가 됐더라. 밑창도 다 해지고……

하긴 자격증 하나 없는 고졸 출신의 얼치기를 무역회사 같은 데서 받아줄 리 만무했다. 당시 나는 인근 공사장에서 막노동을 했는데 주변 사람들에게 사실대로 말하기가 창피해 되는대로 무역회사에 다닌다고 둘러댄 거였다.

—뭐, 무역회사긴 한데 짐도 나르고 이런저런 잡일이 많아서……

눈치가 빤한 할아버지를 속이는 건 쉬운 일이 아니었다. 그는 내 궁색한 변명을 심판하듯 엄한 눈으로 쳐다보았다.

—사람이 닥치면 노가다도 할 수 있고 똥장군도 짊어질 수 있는 것이지만 거짓말해 버릇하면 못쓴다. 그건 도둑질보다 더 나쁜 거야.

할아버지는 분유 깡통에서 소다를 한숟가락 퍼 입에 털어넣었다. 분유통에는 토실토실 귀여운 아기가 방실거리고 있었다. 할아버지는 인상을 잔뜩 찌푸리며 물로 입을 우걱우걱 헹궈낸 뒤, 뚜껑을 닫아 분유통을 구석에 밀어놓았다.

─근데 너 언제 시간 되니?

─시간은 왜요?

─내가 다니는 병원에서 보호자를 한번 데려오라더라.

─제가…… 보호자요?

나는 당황해서 되물었다. 자신도 보호할 수 없는 사회 초년생 얼
뜨기 주제에 누구를 보호한단 말인가.

─그럼, 누가 가니? 네 애비는 빚쟁이한테 쫓겨다니느라 코빼기
도 안 내미는데……!

할아버지의 눈꼬리가 대번에 위로 치솟았다. 아버지에 대해 당
장에라도 한바탕 욕설을 퍼부을 기세였다. 이때, 상을 치우던 할머
니가 끼어들었다.

─아무래도 노인네라 말귀를 잘 못 알아들어서 그런가보다. 네
가 시간 내서 한번 좀 가봐라.

그러자 할아버지가 버럭 소리를 질렀다.

─이런 젠장! 내가 말귀를 못 알아듣기는 왜 못 알아들어?

─알았어요. 제발 소리 좀 지르지 마요. 윗집에서 다 듣잖아요.

할머니는 할아버지의 불같은 역정을 피해 재빨리 상을 들고 부
엌으로 달아났다.

─망할 놈의 여편네가 사람을 뭘로 보고……

할아버지는 할머니의 뒤통수를 노려보다 숨이 넘어갈 듯 밭은기
침을 해댔다.

―물 드릴까요?

내가 걱정스럽게 묻자 할아버지는 손사래를 치며 벽에 등을 기대고 앉아 한동안 가쁜 숨을 몰아쉬었다.

―다음 주 월요일에 쉬니까 그때 가볼게요.

―그래라. 바쁜 사람을 왜 오라 가라 하는지 원……

할아버지는 뭔가 못마땅한 듯 이맛살을 찌푸리더니 기어코 누구에게인지 모를 욕설을 한마디 뱉어냈다.

―도둑놈의 새끼들!

할머니가 부엌에서 설거지하는 동안 나는 할아버지 옆에 앉아 잠시 텔레비전 뉴스를 지켜보았다. 밥을 먹자마자 내 방으로 달아나는 게 눈치가 보였기 때문이다.

―그나저나 넌 이번에 누가 대통령이 될 것 같으냐?

뉴스를 보던 할아버지가 넌지시 물었다. 정치에 관한 얘기를 꺼낼 때면 언제나 그렇듯 은근한 말투였지만 굳이 내 생각을 알고 싶어 꺼낸 질문은 아니었다.

―글쎄요, 잘 모르겠어요.

내가 되는대로 대답하자, 할아버지는 비로소 등을 펴며 자신의 의견을 피력했다.

―뭐, 인물로 보면 김대중이도 인물은 인물이지. 근데 도대체 믿을 수가 없어. 하도 거짓말을 많이 해서……

텔레비전 화면에선 한 후보가 지지자들에게 둘러싸여 손을 흔들

186

고 있었다.

—그건 김영삼도 마찬가지잖아요. 당도 자기네들 맘대로 합치
고……

나는 정치에 별 관심이 없었고 특별한 정치의식도 없었다. 다만
몰래 야합을 하듯 하루아침에 합당한 정치가들에 대해선 뭔가 께
름칙한 거부감이 있었다.

—그래서 넌 김대중이를 찍겠다는 거냐?

할아버지가 자세를 고쳐앉으며 따지듯이 물었다.

—뭐, 그런 건 아니지만……

—내 말 똑똑히 들어라. 하늘이 두쪽 나도 김대중이는 안된다.

—왜요?

—그건 김대중이가…… 전라도 치이기 때문이다.

할아버지는 뭔가 중대한 선언을 하듯 완고한 표정으로 말했다.
처음에 난 그 말이 무슨 뜻인지 이해하지 못했다. 김대중이 전라
도 출신이라는 것도 처음 듣는 얘기였다. 그만큼 정치엔 까막눈이
었다.

—김대중이 전라도 사람이에요?

—그래, 전라도 놈들은 겉 다르고 속 다른 인간들이라 뒤끝이 안
좋아. 전에 내 돈 떼먹고 도망간 이병삼이 알지? 거 왜, 구들장 잘
놓는다고 하는…… 그놈도 전라도 치야. 평소엔 간이라도 빼줄 것
처럼 새살거리더니, 봐라, 결국 뒤가 그 모양이잖니.

구들장 이씨는 사람들에게 우스갯소리를 곧잘 하는 사십대 중

반의 사내로 자신에게 아버지뻘 되는 할아버지에게도 무람없이 형님이라고 부르며 농을 건네곤 했다. 그는 내가 막 제대했다고 하니 대뜸, "아따, 그람 아직 아가씨 궁뎅이만 봐도 거시기가 빳빳해질 때구마잉. 안 그려요, 형님?" 하며 웃었다. 그가 떼먹고 달아났다는 돈은 겨우 이만원에 불과했지만, 할아버지는 입만 열면 똥물에 튀겨 죽일 놈이라며 구들장 이씨를 욕했다.

나는 할아버지의 의견에 아무런 반박도 않고 묵묵히 텔레비전 화면에 눈을 고정시켰다. 그의 왜곡된 지역감정에 대해 할 말이 없지는 않았지만 이미 일흔이 넘은 할아버지의 생각이 바뀔 리는 만무할 터, 괜히 말대꾸했다 노여움만 살 게 뻔했다. 별 대꾸가 없자 할아버지는 주섬주섬 고의춤을 들추더니 바지 안에서 고무호스를 꺼냈다. 기저귀 고무줄처럼 노란 호스는 할아버지의 아랫배에 뚫린 구멍에 연결되어 있었다.

— 거 요강 좀 가져와라.

내가 요강을 갖다 대주자 할아버지는 호스 끝에 물려놓은 집게를 떼냈다. 쪼르르, 소변이 스테인리스 요강으로 흘러들어갔다. 그것이 할아버지가 소변을 보는 방식이었다. 나는 호스가 할아버지의 어떤 신체기관에 어떻게 연결되어 있는지 알지 못했지만, 기름통에 꽂혀 있는 호스처럼 배에서 삐죽 튀어나온 낯선 기구를 볼 때마다 섬뜩한 기분에 나도 모르게 고개를 돌리곤 했다. 소변을 다 빼내자 할아버지는 고통스러운 듯 끙, 신음을 내며 다시 호스 끝을 집게로 집어 고의춤 속으로 여며넣었다.

　불을 끄고 자리에 누웠지만 어깨가 아파 좀처럼 잠이 오질 않았
다. 낮에 공사장에서 종일 철근을 나른 탓이었다. 질통을 지고 비계
를 오르내리는 건 어느정도 익숙해졌지만 철근을 나르는 건 여전
히 고역이었다. 그것은 상당한 요령이 필요한 일이었다. 잘못해서
철근이 아래위로 출렁거리기 시작하면 무게가 곱절로 늘어나 사정
없이 어깨를 찍어누르기 때문이다. 그런데도 앞에 선 성재 형은 나
를 놀리느라 철근을 부러 출렁출렁 흔들어대곤 했다. 그는 나보다
겨우 세살 많았지만, 체격이 좋은데다 어릴 때부터 공사판에서 산
전수전 다 겪은 터라 일하는 솜씨에 있어선 나와 비교도 되지 않았
다. 모르긴 해도 임금도 다른 사람들보다 더 많이 받는 눈치였다.
그런데도 그는 곧 일을 그만두고 배를 타러 갈 거라고 했다. 뱃일
이 공사판 일에 비해 더 힘들고 위험하지만 목돈을 만질 수 있다는
게 이유였다.
　옆방에선 할아버지의 기침소리가 계속되고 있었다. 그는 이미
너무 늙고 몸이 아파 아무런 생계의 방편이 없었다. 지난해까지만
해도 용돈벌이 삼아 복덕방에 나갔지만 그마저도 거동이 어려워
구들장만 지고 있는 신세가 되었다. 주변 사람들 평에 따르면 그
는 평생 책임감 있는 가장으로 성실하게 살았다고 한다. 그런데 결
과는, 하여간 그랬다. 그것을 이해하려면 할아버지의 전생애를 알
아야겠지만 나는 그에 대해 아는 바가 거의 없었다. 그에게 일어난

중요한 사건은 모두 내가 태어나기 전의 일이었다. 내가 그 옹색한 셋방으로 들어온 것은 누군가 할아버지와 할머니를 돌봐야 한다는 이유도 있었지만, 아버지가 파산하는 바람에 집이 날아가 나 자신도 마땅히 거처할 곳이 없었기 때문이다. 그래서 내게 할아버지는 그저 성질 사납고 주변 사람들을 괴롭히는 못된 늙은이일 뿐이었다. 할아버지는 늘 욕을 입에 달고 살았다. 그가 아는 사람들은 모두 도둑놈의 새끼들이거나 똥물에 튀겨 죽일 놈들이거나 지 에미랑 붙어먹은 놈들밖에 없었다.

어깨가 아파 다시 몸을 뒤치는데 반대편 벽 너머에서 여자의 짧은 비명이 들렸다. 그리고 곧 갓난아기가 칭얼거리는 것 같기도 하고 고양이가 가르랑거리는 것 같기도 한 낯익은 신음이 이어졌다. 보나 마나 주인집 내외가 방사를 치르는 소리였다. 땅딸막한 키에 머리가 벗어진 주인남자는 꽤나 정력가인 듯 쉰이 가까운 나이임에도 그 짓을 하루도 거르지 않았다. 그래서인지 주인집 애들은 내 또래부터 초등학교에 갓 입학한 아이까지 한두살 터울로 예닐곱명이 다닥다닥 붙어 있어 누가 누군지 구분하기도 어려웠다. 주인 여자는 얼굴이 긴 말상에 사내처럼 까뭇한 수염이 나 있었지만, 밤에 내는 소리는 전혀 다른 여자의 것인 듯 간드러져 밤마다 야릇한 기분이 들게 하곤 했다. 옆방과 내 방 사이를 가로막고 있는 건 얇은 베니어판 하나가 전부였다. 방귀 뀌는 소리에 잠꼬대까지 다 들을 수 있었으니 프라이버시 같은 건 생각도 못할 일이었다.

나도 배나 한번 타볼까? 막일해서 버는 돈으론 사글세 내고 세 식구 입에 풀칠하기가 쉽지 않았다. 할머니는 온종일 수돗가에 쪼그려앉아 손이 빨갛게 붓도록 도라지를 깠지만 그렇게 마련한 가욋돈으론 할아버지의 약값을 대기에도 벅찼다. 그래서 나는 전봇대에 붙어 있는 선원모집 광고를 볼 때마다 호기심이 생겼다.

당시 역 근처 전봇대엔 선원이나 광부, 파출부나 술집 접대부 등을 모집하는 구인광고가 덕지덕지 붙어 있었는데 대부분 한달에 몇십만원이라는 식으로, 배운 거 없고 오갈 데 없는 막장 인생을 유혹하기에 충분한 액수가 큰 글씨로 적혀 있었다. 하지만 배를 타는 건 정말이지 자신이 없었다. 뱃멀미야 곧 익숙해진다지만 몸이 부실한데다 잘못 배를 타면 망망대해에서 끝도 없는 노동과 구타에 시달린다는 둥, 그러다 죽으면 시체를 그냥 바다에 던져버리면 그만이라는 둥 흉흉한 소문이 있어 겁이 나기도 했다. 그런데 성재 형은 무슨 깡으로 배를 타겠다는 걸까?

*

—그래? 의사가 뭐라고 그러디?

할머니는 자리에 앉기도 전에 대뜸 내가 병원에 다녀온 일부터 물었다.

—뭐, 가벼운 폐렴이라는데 지금 기관지가 약해졌으니까 찬 바람 쐬시지 말고 무리하시지 말라고요.

—뭐, 또다른 얘기는 없디?

　할머니는 조바심이 나는지 바싹 다가앉았다. 나는 잠깐 할머니와 할아버지를 번갈아 쳐다보다 천천히 고개를 가로저었다.

　—네, 없어요.

　—아니, 기껏 찬 바람 쐬지 말라는 얘기를 하려고 사람을 오라가라야? 나 원, 그런 미친놈들이 있나!

　옆에서 듣고 있던 할아버지의 입에서 기어이 욕설이 튀어나왔다.

　—당신이 말귀를 잘 못 알아들으니까 불렀겠죠.

　할머니의 말에 할아버지는 더욱 역정을 냈다.

　—젠장! 내가 그깟 말도 못 알아먹을까봐? 보나 마나 돈이나 더 받아 처먹으려는 수작이겠지.

　—으이구, 우리 같은 늙은이들한테 무슨 돈을 더 받아먹겠다고 그러겠어요.

　할머니는 지청구를 들으면서도 그저 큰 병이 아니어서, 그것만도 천만다행이라는 표정이었다.

　—모르는 소리 좀 작작해. 원래 세상은 우리 같은 늙은이들한테 더 뜯어먹으려고 덤비는 법이야. 아무것도 모르는 줄 알고……

　할아버지가 돈에 얼마나 깐깐한 사람인지에 대해 친지들 사이에서 유명한 일화가 있다. 한약을 한재 지으러 갔는데 약값이 생각보다 많이 나와 왜 그리 비싸냐고 물으니 한의사가 녹용이 들어가서 그렇다고 했다. 이에 할아버지는 당장 녹용을 빼버리라고 주문해 한의사가 이미 지어놓은 약첩에서 핀셋으로 일일이 녹용을 골라냈다는 얘기가 그것이다.

할아버지는 평생 그렇게 깐깐하고 지독하게 살았지만 어찌 된 일인지 말년의 삶은 군대를 갓 제대해 막노동하는 손자만 바라보는 처지가 되었다. 그 사실에 영 자존심이 상하는지 할아버지는 툭하면 "지금도 밖에 나가면 너만큼 못 벌 것 같으냐" "너도 나가고 싶으면 언제든 나가 살라"며 괜한 역정을 내곤 했다. 그런데 나는 언제부턴가 할아버지가 역정을 내는 와중에도 은근히 내 눈치를 살핀다는 사실을 깨닫게 되었다. 아마도 내심으론 내가 진짜 집을 나가버릴까봐 두려운 모양이었다. 그래서 아무도 자신을 돌봐주는 사람이 없을까봐 걱정인 것 같았다.

─옛날에 장충단공원에서 연설할 때 보니까 말은 잘하더라.

다시 김대중 얘기였다.

─언변이야 김대중이 따라갈 자가 없지. 내가 자유당 시절에 한강 백사장에서 신익희 연설도 들어보고, 오일육 나고 나서 박정희하고 윤보선이 연설도 들어봤지만 역시 말은 김대중이가 제일이더라.

할아버지가 말한 시절은 내가 태어나기도 전이었다. 그때 어떤 은원이 있었는지 모르지만, 할아버지는 김대중에 대해 늘 부정적이기만 했다. 그는 옥수수 속대로 만든 등긁개를 저고리 안으로 집어넣으며 말했다.

─그때 연설을 듣고 혹해서 김대중이를 찍은 사람이 많았느니

라. 만약에 그때 김대중이가 됐으면 어쩔 뻔했냐? 안됐길 천만다행
이지 잘못했으면 나라가 또 한번 뒤집어졌을 게야.

텔레비전을 보며 등을 긁던 할아버지는 문득 나를 돌아보며 물
었다.

—그나저나 넌 마음은 정했냐?

—뭐가요?

—누굴 찍을지 정했느냐고.

—뭐, 그냥…… 전 투표 안하려고요.

그때 나는 대통령이 누가 되든 우리의 처지가 달라질 거라는 아
무런 기대가 없었다. 당연히 선거에 대해서도 별 관심이 없었다.

—그게 무슨 소리냐?

—누가 누군지도 모르겠고…… 그리고 누가 되든 우리랑은 상
관없잖아요.

우물거리던 나는 끝내 뒤틀린 속내를 드러내 보이고 말았다. 그
러자 할아버지는 걱정스러운 표정으로 나를 쳐다보았다.

—나라에서 하는 일에 협조를 해야지, 그런 식으로다가 어깃장
을 놓는 건 백성 된 도리가 아니다.

할아버지는 등긁개를 내려놓고 내 얼굴을 살피며 조심스럽게 물
었다.

—너도 혹시 그런 거 아니냐?

—뭐가요?

할아버지는 뭔가 말을 하려고 입을 오물거리다 결국 아무 말도

않고 슬그머니 담배를 피워물었다. 기침이 심해 며칠간 참아두었
던 담배였다. 그때 나는 할아버지의 입안에서 맴돌던 말이 무엇인
지 짐작할 수 있었다.

운동권.

그 말은 당시 텔레비전 뉴스에 가장 많이 등장한 단어 중 하나
였다. 언제나 섬뜩한 느낌의 폭력적인 배경화면과 함께였다. 할아
버지가 입을 다문 건 아마도 그 의미를 정확히 몰라서였을 것이다.
그리고 왠지 그 말이 할아버지가 그토록 증오하면서도 두려워하던
빨갱이란 말과 관련이 있다는 느낌에 차마 입 밖에 내지 못했을 것
이다.

그날밤, 할아버지의 기침소리는 평소보다 유난히 더 심했다. 당
장 숨이 넘어갈 듯 밤새 힘겨운 기침소리가 이어져 나도 숨이 막히
는 기분이었다. 할아버지는 평생 담배를 피워왔다. 오십년? 어쩌면
육십년쯤 될지도 모르겠다. 내 나이보다 두배쯤 더 긴 세월이었다.
그 연기의 무게만 다 합쳐도 아마 할아버지의 몸무게보다 더 많이
나갈 것이다. 그러니 기침을 하는 것도 당연했다. 인생의 종착역은
원래 그런 것일까? 밤새 고통스러운 기침을 하고, 맛이 고약한 소
다를 한숟가락씩 퍼먹으며 배에 구멍을 뚫어 고무호스로 오줌을
빼내는? 그래서 녹용이 빠져버린 한약처럼 쓰디쓰기만 한?

기실, 나는 할아버지와 함께 살아본 적이 없어서 애틋한 감정 같
은 건 없었다. 그저 인생을 막 시작하려는 자와 인생의 종착지에

다다른 자가 서로 엇갈려 지나는 순간에 잠시 동거를 하는 것뿐이었다. 다만 밤새 기침소리가 들리는 그 코딱지만 한 방은 뭔가 희망을 품어보기엔 적당치 않은 곳이었다. 희망은커녕 걸음을 떼기도 전에 이미 발밑을 흐르는 강물에 서서히 발목이 잠겨드는 기분이었다. 그런데도 한쪽에선 또 뭔가 일을 치르려는 듯 베니어판 너머에서 주인집 여자의 할딱거리는 소리가 들리기 시작했다.

*

하루는 일을 마치고 인부들과 술을 한잔했다. 성재 형이 배를 타러 간다고 마련한 이별주 자리였다.

―배 잘못 타면 맨날 두드려 맞고 고생만 엄청나게 한다는데……

일행 중 누군가 걱정스럽게 얘길 꺼내자 성재 형은 호기롭게 소주잔을 딱 내려놓으며 말했다.

―그거야 다 옛말이지, 요즘 세상에 누가 맞고 일하나? 수틀리면 갈고리로 눈깔을 확 찍어버리지, 뭐.

팔뚝이 나보다 두배는 더 두꺼워 보이는 그는 폭력에 연루돼 두어번 경찰서 신세를 진 적도 있다고 들었다. 내 어깨에도 그런 팔뚝이 달려 있다면 배를 탔을 텐데, 하는 생각을 하며 나는 묵묵히 술을 마셨다.

―딱 삼년만 탈 거다. 그러면 내가 서른살이 되는데 그때까지 모

은 돈으로 신촌에다 학사주점을 하나 차릴 거야. 거기 대학생들이 많이 오거든. 요샌 뭐 여대생들이 술을 더 잘 마시더라. 담배도 더 많이 피우고……

여대생 이야기를 꺼내며 성재 형은 왠지 쑥스러운 표정이었다. 대학은커녕 고등학교도 안 나온 그가 왜 대학생들을 상대로 한 술집을 차리겠다는 건지 이유는 알 수 없었다. 그리고 그가 나중에 돈을 벌어와 정말로 신촌에 학사주점을 차렸는지 어쨌는지도 알 수 없다. 다만 내 눈에 그는 인생의 파도와 맞서 싸우려는 분명한 투지와 뚜렷한 목표가 있어 보였다. 그래서 나는 더 기가 죽는 기분이었다.

그날 술자리가 끝나고 집으로 돌아오는 길이었다. 할머니가 마당에 나와 기다리다 부엌으로 내 팔을 잡아끌었다.

─너 쥔집 딸 경숙이 알지?

─네, 그런데요?

─걔가 너 좀 보자더라.

─왜요?

─아마 네 취직자리를 알아봐주려고 그러는 모양이더라. 하여간 내일 한번 만나봐라.

주인집 딸인 경숙은 가난한 동네에 어울리지 않는 늘씬한 몸매에 하얀 피부를 가진 내 또래의 여자로, 공업전문대에서 디자인을 전공해 을지로에 있는 한 인쇄회사에 다니고 있었다. 그녀가 수돗가에 쪼그리고 앉아 세수할 때면 유난히 딱 바라진 엉덩이가 자꾸 눈에 들어와 적잖이 마음이 쓰였지만 나는 왠지 신분의 차이가 있다는 기분에 말도 한번 붙여보지 못했다. 세를 들어 사는 주인집 딸인데다 전문대까지 나왔으니 나로선 언감생심 넘볼 상대가 아니었다. 그런데 그녀는 무슨 마음에 내 취직자리를 알아봐준다고 했을까? 그리고 그 취직자리는 도대체 뭘까? 그날밤, 나는 두루 마음이 번란하여 또 잠을 설쳤다. 방 건너에선 여전히 할아버지의 기침 소리가 시끄러웠다.

　—운전할 줄 아신다면서요?
　—네, 군대 있을 때 운전병이었습니다.
　—그래요? 잘됐네요.
　경숙이 말한 일자리는 다름 아닌 운전사였다. 자기 회사에서 일하던 운전사가 그만두어 사람을 알아보던 차에 나를 회사에 추천했다는 거였다.
　—뭐, 회사 규모가 작다보니 운전만 하는 게 아니라 인쇄물도 나르고 온갖 잡일을 다 해야 되거든요. 괜찮겠어요?
　—상관없습니다.
　—실장님 얘기가, 점심 먹여주고 오십만원이라는데, 괜찮아요?
　—상관없습니다.
　달리 토를 달 처지도 아니어서 나는 고개만 주억거렸다.
　—하여간 면접 보고 나서 정한다니까 일단 만나서 한번 얘기해

보세요. 난 그냥 소개만 해주는 거니까.

경숙은 맥주를 마시는 속도만큼 말이 시원시원했다. 그녀가 맥주나 한잔하자고 제안해 들어온 호프집은 버스정류장으로 가는 골목 입구에 있어 늘 그 앞을 지나다녔지만 안에 들어온 건 처음이었다. 경숙은 자신의 몸매가 남자들의 눈길을 끌기에 부족함이 없다는 걸 빤히 아는 듯 팔뚝이 시원하게 드러나는 민소매 티에 핫팬츠 차림이었다. 나는 눈을 어디에 두어야 할지 몰라 어색하게 맥주를 홀짝거리며 실내를 둘러보다 벽에 붙어 있는 영화 포스터에 눈길이 갔다. 영화는 보디빌더 출신의 배우 아놀드 슈왈제네거가 나오는 「터미네이터」였다. 커다란 썬글라스를 끼고 총을 든 그의 표정은 기계처럼 딱딱했고 팔뚝은 성재 형보다도 두배쯤 더 두꺼워 보였다. 포스터 위엔 '비켜! 내 앞을 가로막지 마!'라는 선전문구가 쓰여 있었다.

—할아버진 괜찮으세요?

취직에 관한 얘기가 끝나자 경숙은 할아버지의 안부로 화제를 돌렸다.

—네, 기관지가 약해지셔서…… 밤에 좀 시끄럽죠?

내가 미안하다는 표정을 짓자 경숙은 맥주를 시원하게 들이켠 후 대답했다.

—시끄러운 게 어디 할아버지뿐인가요? 우리 새엄마도 아마 뒤지지 않을걸요?

무슨 말일까, 잠깐 의아했지만 그녀의 야릇한 미소를 보고 나는 곧 무슨 뜻인지 깨달았다. 밤마다 주인 여자가 내는 유난스러운 교성을 말하는 거였다. 그때 나는 처음으로 그녀의 엄마가 친모가 아니라는 사실을 알게 되었다. 그리고 그 집 아이들이 왜 그렇게 많은지도 이해하게 되었다. 서로 재혼하는 과정에서 반은 남자 쪽에서, 나머지 반은 여자 쪽에서 데려온 아이들이었다.

—아주 징그러워서 못 봐주겠어요. 그 나이에 뭐가 그렇게 좋아 죽고 못 사는지……

경숙은 입을 삐죽거리다 좀 민망했는지 해죽 웃었다. 귀여웠다.

—그래도 뭐, 밤낮 죽어라 싸우는 것보단 낫지 않아요? 전에 우리 엄만 부부싸움하다 아빠를 칼로 찌른 적도 있거든요.

경숙이 말을 이어갔다.

—정말요?

—예, 그래서 병원에 실려가 수십 바늘 꿰매고 난리도 아녔어요. 하여간 그때 생각하면 정말이지 진저리가 나요.

경숙은 나보다 한살 어렸지만 이미 세상사에 대해 환히 꿰고 있는 듯 뭐든 대수롭지 않다는 태도였다. 그래서 왠지 나보다 더 어른스럽게 느껴졌다.

—뭐, 인상이 좋으셔서 잘될 거예요. 걱정 마세요.

경숙은 남은 맥주를 단번에 비우고 자리에서 일어났다.

—그만 들어가죠.

내가 황급히 뒤따라가 계산을 하려고 했지만, 그녀는 먼저 카운터에 술값을 올려놓고 밖으로 나가버렸다.

—내가 먹자고 했으니 내가 내야죠. 나중에 취직해서 월급 타면 한잔 사세요.

그녀는 나를 향해 빙긋 웃어 보였다. 호프집 간판 불빛 아래, 볼우물이 예쁘게 패었다.

*

—도대체 왜 안된다는 거냐?

할아버지가 안타까운 표정으로 물었다.

—뭐, 나이가 너무 어리다고……

취직자리를 얻는 건 실패했다. 사촌 형에게 양복을 빌려 입고 경숙의 회사로 가서 실장이라는 사람을 만나보았는데 예상과 달리 젊은 나이에 말쑥한 인상이었다. 그는 운전경력에 대해 몇가지 물어보더니 일단 돌아가라고 했다. 경숙이 면접에서 떨어졌다고 통보를 해준 건 바로 그다음 날, 호프집에서였다. 아직 나이가 어리고 사회경험이 없는데다 어딘가 자신감도 없어 보인다는 게 탈락의 이유였다.

—그러게 좀 당당하게 말씀하시지 그랬어요? 젊은 사람이 그렇게 주눅이 들어서……

마치 누나가 남동생을 야단치듯 경숙은 면접에서 떨어진 게 내 탓인 양 무람없이 타박했다. 원래 인상이 그런 걸 어쩌냐고 말대꾸를 하고 싶었지만 취직자리를 알아봐준 호의에 나는 입을 꾹 다물고 맥주만 들이켰다. 결국 그날 술값도 경숙이 냈다.

—나 원, 옛날 같으면 장가를 가서 애를 낳아도 서넛은 낳았을 텐데 뭐가 어리다고…… 드러운 자식들!

할아버지는 속이 상한지 연신 기침을 하면서도 담배를 피워물었다. 그런 할아버지의 말투에는 어느정도 실망과 체념이 묻어 있었다. 그는 운전사도 못 되는 손주의 인생이 자신처럼 별 볼 일 없이 지지부진하게 펼쳐지리라는 것을 예감하고 있었을까? 한동안 말없이 연기만 내뿜던 할아버지는 담배를 눌러끄며 답답하다는 듯 물었다.

—근데 요즘은 운전사를 뽑는 데도 꼭 대학을 나와야 하는 거냐?

할아버지는 아마도 내가 취직이 안된 이유가 대학을 못 나왔기 때문이라고 생각한 모양이었다.

—아뇨, 그건 대학하곤 상관없어요.

나는 애써 담담하게 말했다.

—그래, 대학 나와도 뭐, 별건 아닌 모양이더라. 거 양복집 하는 염 씨 알지? 그 집 아들이 무슨 경희대학인가를 나왔다는데 여태 취직이 안돼서 그냥 집에서 노는 모양이더라. 근데 그 대학이 괜찮은 데냐?

할아버지는 염 씨 아들이 나온 대학이 시원찮은 대학이라는 대답을 기어이 듣고 싶었는지 몸을 바짝 기울였다.

괜찮긴요, 거긴 아무나 돈만 내면 가는 데예요. 한마디로 말해

서 대학이라고 할 수도 없죠,라고 대답을 해주고 싶었지만 내 고등
학교 성적으론 꿈도 꿀 수 없는 대학이었다. 그래서 죄를 고해하듯
작은 소리로 대답했다.

─네, 좋은 대학이에요.

할아버지는 내 대답에 대단히 실망한 듯 돌아앉으며 구시렁거
렸다.

─그래? 허 참, 아무리 그래도 그렇지 어찌나 자랑을 해대는지
눈꼴시어서, 원……

취직자리를 얻는 데는 실패했지만 경숙과 호프집을 다녀온 후
나는 그녀에게 자꾸 신경이 쓰였다. 그래서 혹시 마주칠까 싶어 자
주 마당을 기웃거렸지만 그녀를 만나는 건 좀처럼 쉽지 않았다. 어
찌 된 일인지 경숙은 집에 들어오는 시간이 갈수록 늦어졌다. 어쩌
다 마주쳐도 이전처럼 가볍게 목례만 건넬 뿐 따로 말을 붙이지도
않았다. 오히려 뭔가 나에게 거리를 두는 느낌이었다. 그럴 때마다
나는 맥주 한잔하자는 말이 목구멍까지 올라왔지만 끝내 용기가
없어 준비한 말은 입안에서만 맴돌다 맥주 거품처럼 맥없이 스러
져버리곤 했다.

그렇게 여름이 다 지나가던 어느날, 할머니가 내 방에 들어와 빨
랫감을 챙겨가다 지나가는 말처럼 혼자 중얼거렸다.

─눈치를 보니까 네가 걔를 마음에 두고 있는 모양이던데……

─네?

가난과 사랑은 속일 수 없다고 했던가? 나는 속마음을 들켰다는 부끄러움과 함께 나의 은밀한 연정을 알아챈 할머니의 눈치에 놀라 부정도 못하고 어정쩡한 표정으로 쳐다보기만 했다. 할머니는 나를 똑바로 바라보며 명토를 박았다.

─경숙이는 절대 안된다.

─왜, 왜요?

얼떨결에 경숙을 좋아한다는 걸 시인한 꼴이어서 나는 말을 더 듬었다.

─자고로 여자가 남자보다 더 많이 배우면 못쓴다. 걔는 어디 전문대를 나온 모양이더라. 근데 넌 고등학교밖에 못 나왔으니까 반드시 중학교 나온 여자를 얻어야 한다.

할머니가 안된다고 한 이유가 터무니없어 나도 모르게 짜증을 냈다.

─할머니, 요즘 중학교만 나온 여자가 어디 있어요?

─없기는 왜 없어, 이 녀석아. 내가 아는 개소주집 둘째 딸도 중학교만 나왔다는데 참하기만 하더라.

그리고 자리에서 일어서며 마지막으로 선언하듯 말했다.

─하여간 명심해라. 여자가 많이 배우면 그건 절대로다가 못쓰는 거다. 괜히 욕심부리다 큰일 난다. 그리고 걔는……

할머니는 밖으로 나가려다 다시 돌아와 앉으며 낮은 목소리로 말을 이었다.

─뭐, 손주 앞에서 할 얘긴 아니지만서도, 즈이 엄마가 그러는데

좋아하는 남자가 따로 있다더라. 근데 그 남자가 가정이 있는 모양이야. 생각 같아선 당장 머리를 깎아서 집에 들여앉히고 싶은데 제 배로 낳은 자식도 아니다보니 그러지도 못하고…… 쯧쯧쯧.

이때, 나는 경숙의 회사에서 만났던 말쑥한 차림의 실장 얼굴이 떠올랐다. 두사람의 관계에 대해 내가 알 턱이 없고 상대가 실장이라는 것을 의심할 만한 아무 이유도 없었지만, 나는 왠지 두사람이 여관방에 발가벗고 누워서 나누는 대화가 들리는 듯했다.

우리 집 세 들어 사는 사람 중에 얼마 전 제대한 남자가 하나 있거든요.

그런데?

운전면허가 있대. 군대에서 운전병이었다나? 얼마 전에 장 기사 그만둬서 기사 하나 새로 뽑아야 한다면서요?

그래서, 걜 써주라고?

아이, 거긴 아프다니까. 하여간 사람이 좀 얌전해 보이기에 괜찮다 싶어서…… 와서 면접이나 한번 보라고 할까?

왜? 혹시 그놈 좋아하는 거 아냐?

어머! 미쳤어? 내가 대학도 안 나온 노가다를 좋아하게?

물론 이는 순전히 내 상상 속에서 이루어진 대화지만 나는 그 상대에 대해 불같은 질투심이 끓어올랐다. 그래서 당장 갈고리를 들고 가 눈깔을 확, 찍어버리고 싶었다.

비켜! 내 앞을 가로막지 마!

*

　그해 겨울, 대통령 선거가 치러졌다. 김대중은 예상대로 낙선의 고배를 마셨다. 합당의 위력은 과연 대단했는지 당선자와 이백만 표에 가까운 차이가 났다. 할아버지는 얼마 뒤 치러진 대통령 취임식을 보면서 만족한 듯 연방 고개를 끄덕였다.

　—잘됐어. 암, 잘됐고말고.

　그는 대통령이 누가 됐든 김대중이 낙선해서 다행이라는 표정이었다. 일년 사이에 할아버지는 기력이 더욱 쇠잔해졌지만 날씨가 따뜻해지며 기침은 많이 가라앉았다.

　경숙은 한동안 얼굴을 볼 수 없었다. 공식적으론 친구와 방을 얻어 자취한다고 했지만, 실은 남자가 시내에 오피스텔을 얻어주어 같이 산다는 소문이 있었다. 그게 단지 소문이 아니라는 것이 밝혀진 건 집을 나가 산 지 반년쯤 지난 뒤였다. 뭔가 잔뜩 암상이 난 여자와 건장한 사내 둘이, 최경숙이 도대체 어떤 년인지 상판대기나 보자며 대문을 박차고 집으로 쳐들어왔다. 다행히 경숙은 집에 없어 머리채를 잡히진 않았지만, 그 때문에 집안이 발칵 뒤집혔다. 그들은 경숙이 사귄다는 남자의 본처와 그의 가족들이었다. 할머니는 동네 창피해서 어떻게 얼굴을 들고 살까, 혀를 찼지만 정작 경숙이네 식구들은 별일 아니라는 듯 무덤덤한 태도였다. 경숙이 엄마는 여자가 저렇게 살쾡이 모양으로 사나우니까 남자가 한눈을 파는 거라며 오히려 상대를 탓했다. 그녀는 아예 사달이 난 김에

206

남자가 결혼생활을 정리하고 경숙과 새로 가정을 꾸렸으면 하는 마음을 은근히 내비쳤다. 남자가 재산이 꽤 있다는 것도 이유였지만, 무엇보다 나이 든 의붓딸을 빨리 눈앞에서 치워버리고 싶은 마음이 앞섰을 것이다.

한동안 간통죄로 콩밥을 먹이네 마네, 이혼을 하네 마네, 온 동네가 시끄럽던 치정극은 대개 그렇듯이 남자가 오피스텔 생활을 정리하고 본처가 있는 가정으로 돌아가는 것으로 마무리되었다. 삼류소설은 그렇게 맥없이 끝나고 경숙도 다시 집으로 들어왔다. 언젠가 나는 경숙과 칫솔을 물고 마당에서 마주친 적이 있다. 그녀의 얼굴을 못 본 지 넉달 만이었다. 그동안 마음고생이 심했는지 볼우물이 패던 통통한 볼이 홀쭉해져 몇달 새에 나이를 서너살은 더 먹은 듯했다. 그녀는 나를 보자 갑자기 생각난 듯 입에 든 치약 거품을 퉤, 뱉어내고 물었다.

—참, 취직했다면서요?

—아, 네……

나도 입에 든 양칫물을 재빨리 뱉어내며 대답했다.

—뭐하는 일이에요?

—골프숍에서 일해요.

—그럼 골프채 같은 거 파는 거예요?

—네.

—뭐, 괜찮겠네요. 그래도 돈 있는 사람들 상대하는 게 깔끔하지.

그녀는 나의 새 직장에 대해 제멋대로 평가해주고 방으로 들어갔다. 돈 있는 사람을 상대했다가 봉변을 당하고도 생각이 바뀌지 않은 모양이었다. 이후 그녀의 인생이 얼마나 깔끔하게 진행되었는지는 알 수 없다. 얼마 뒤 우리가 그 집을 떠나 경기도 북쪽의 한적한 변두리로 이사를 나왔기 때문이다. 그녀는 어쩌면 자신의 출신과 그에 어울리지 않는 늘씬한 몸매와의 간극을 메우기 위해 평생 엉뚱한 시간에 엉뚱한 장소에서 헤매고 다닐지도 몰랐다. 지워진 마스카라와 가방에 든 피임약, 정지된 신용카드…… 그날 내가 명백히 확인한 건 그녀가 어디를 향해서 가든 거기엔 내가 들어설 단 한뼘의 자리도 없다는 사실이었다. 그래서 나는 취직을 하면 한잔 사겠다는 약속도 까맣게 잊은 채 묵묵히 양치질만 했다.

*

할아버지와 나는 경동시장 앞에서 버스를 갈아탔다. 우리가 사는 곳에선 우이동까지 직접 가는 버스가 없기 때문이었다. 할아버지는 모처럼의 나들이에 상기된 표정이었다. 그는 처음 버스를 타보는 아이처럼 밖을 내다보며 연신 혼자 중얼거렸다.

—어라, 여기도 뭐가 하나 들어섰네. 이쪽 개천도 그새 덮어버리고……

우리는 우이동으로 벚꽃구경을 하러 가는 길이었다. 며칠 전, 할아버지는 텔레비전에서 여의도에 벚꽃구경을 나온 시민을 취재한 뉴스를 보다 도대체 이놈의 동네는 꽃구경도 할 수 없다며, 뭔가 대단히 억울한 일을 당한 사람처럼 투덜거렸다. 그러다 그 억울함을 기어이 풀어야겠다고 생각했는지 당장 우이동 계곡으로 벚꽃구경을 다녀와야겠다고 했다. 할머니는 몸도 편치 않은데 괜히 나들이를 나섰다가 길바닥에서 돌아가시면 어쩌느냐고 만류했지만, 그의 고집을 꺾을 순 없었다. 결국 쉬는 날 내가 모시고 다녀오는 것으로 타협해 논란은 일단락되었다. 할머니는 대문에서 우리를 배웅하며, 갑자기 웬 꽃 타령인지 모르겠다고, 이제 정말 죽을 때가 다 됐나보다라며 한숨을 내쉬었다.

  ─옛날엔 버스에 차장이 있었는데……

  할아버지는 이미 몇번 들어본 적이 있는 농담을 꺼내들었다.

  ─그때 차장이 청량리 중랑교 가요, 그러면 그 말이 내 귀엔 꼭 차라리 죽으러 가요, 하는 것처럼 들리더라. 차라리 죽으러 가요……

  할아버지는 마지막 말을 반복하며 혼자 허허, 웃었다. 그것은 유머감각이 전혀 없는 그가 아는 유일한 농담으로, 정말 기분이 좋을 때나 한번씩 해보는 우스개였다. 열린 차창 틈으론 봄바람이 불어와 할아버지의 백발을 기분 좋게 날려주었다.

  계곡으로 올라가는 아스팔트 길엔 벚꽃이 한창이었다. 가지가 축축 늘어진 능수벚나무였다. 평일이라 상춘객은 많지 않았지만 화사한 벚꽃만으로도 계곡은 축제 분위기였다. 바람이 불 때마다 꽃잎이 함박눈처럼 쏟아져내려 길바닥엔 이미 분홍빛 자개로 상감

한 듯 고운 꽃잎이 가득 덮여 있었다.

할아버지는 가쁜 숨을 몰아쉬면서도 기어이 매표소까지 가보겠다며 고집을 부렸다. 평소 입던 한복 대신 짙은 남색 양복을 입고 중절모에 지팡이까지 들어 한때 잘나가던 노신사처럼 보였다. 손잡이를 돌려 빼면 칼날이 나오는 호신용 지팡이였는데, 가난한 노인이 딱히 위험에 처할 일도 없을 텐데 왜 그런 지팡이를 가지고 다니는지 알 수 없었다. 왜정시대에 태어나 전쟁까지 겪으며 황무지 같은 세상을 살아온 할아버지 안엔 늘그막에도 끝내 무뎌지지 않는 공포가 잘 벼린 칼날처럼 깊게 박혀 있는지도 몰랐다.

—아이고, 얘야, 그만 가자. 더는 못 올라가겠다.

산을 걸어올라온 지 삼십분쯤 지났을까? 아스팔트 길 한복판에서 할아버지는 가쁜 숨을 몰아쉬며 걸음을 멈춰 섰다. 할아버지에겐 마지막이 될지도 모르는 나들이였지만 인색하게도 그에게 허용된 높이는 거기까지였다. 잠시 숨을 고르던 할아버지는 그대로 돌아서기엔 못내 아쉬웠는지 더 올라가는 대신 길 아래 계곡으로 가보자고 했다.

우리는 물소리를 쫓아 계곡으로 향했다. 가파른 길은 보기에도 아슬아슬했다. 나는 말없이 할아버지 앞에 등을 내밀었다. 자존심 강한 할아버지도 그때는 기력이 다했는지 사양하지 않고 순순히 몸을 맡겼다. 등에 와닿는 할아버지의 몸은 바싹 마른 나무껍질처럼 가볍고 딱딱했다.

잠시 할아버지를 업고 내려가자 시원하게 앞이 트인 계곡이 나타났다. 할아버지는 대뜸 눈에 띄는 너럭바위를 가리켰다.

─뭐, 여기도 좋네. 더 가볼 것도 없다.

나무에 가려져 큰길에선 보이지 않았지만 제법 널찍한 장소였
다. 바위에 부딪히며 내려오는 물소리에 절로 몸이 서늘해지는 기
분이었다. 바위 옆엔 누군가 불을 피워 고기를 구워 먹은 듯 젖은
숯과 소주병이 버려져 있었다.

할아버지는 바위에 걸터앉아 편안한 얼굴로 숨을 고르며 주변
풍광을 둘러보았다.

─여긴 아직 그대로구나. 옛날엔 이쪽으로 기생들 데리고 물놀
이도 여러번 왔었는데⋯⋯

할아버지가 기생들을 대동해 물놀이를 나온 것은 아마도 그가
전국을 떠돌며 소 장수를 하던 시절의 일일 것이다. 언젠가 그는
나에게 소를 살 때 어떤 점을 살펴야 하는지, 그리고 팔 때는 어떻
게 요령껏 물을 먹이는지 상세하게 들려준 적이 있었다. 어쩌면 그
때가 할아버지의 인생에서 유일한 전성기였을 것이다. 두툼한 전
대를 허리에 두르고 소 장수들을 노리는 강도에 맞설 시퍼런 칼날
이 숨겨진 지팡이를 단단히 손에 그러쥔 채 소를 끌고 성큼성큼,
두려움 없이 밤 고개를 넘었던 한 사내는 마치 먼 옛날을 회상하듯
눈을 가늘게 뜨고 계곡을 에워싼 울창한 참나무들을 바라보았다.

덩더꿍덩더꿍⋯⋯

할아버지는 그때 북채를 잡은 기생들의 고운 맵시를 떠올리고

있었을까? 바위를 따라 흘러내리는 계곡물을 바라보던 내가 웃으며 물었다.

—할아버지, 소리 잘하신다면서요?

—소리?

—네, 엄마가 할아버지 소리 잘하신다고 그러던데…… 여기서 한자락 해보세요.

—이놈아, 소리 안해본 지가 언젠데……

나의 엉뚱한 제안에 할아버지는 허허, 웃다 쑥스러운지 화제를 돌렸다.

—근데 너, 만나는 여자는 없냐?

돌아보니 그의 얼굴엔 우리가 같은 남자라는 걸 분명하게 느끼게 해주는 의미심장한 미소가 어려 있었다. 그것은 영원히 남자들끼리만 알 수 있는 표정이었다.

—아직 없어요.

나는 쑥스러운 듯 웃으며 고개를 가로저었다.

—그래, 아직 나이가 있으니까…… 근데, 요즘은 여자도 배워야한다. 뭐, 욕심인지는 안다만 되기만 된다면 난 네가 대학 나온 여자를 얻었으면 싶다. 네가 고등학교밖에 못 나왔으니 여자라도 대학을 나와야 할 거 아니냐.

나는 할아버지의 엉뚱한 생각에 대꾸도 못하고 쳐다보기만 했다.

—옛날엔 그렇게 층하가 지면 못쓴다고 하지만 난 그거 다 소용없는 말이라고 본다. 뭐, 대학 나온 여자를 얻는 게 쉽지는 않겠지

만서도……

나는 반드시 중학교 나온 여자를 만나야 한다는 할머니의 말이 떠올라 웃음이 나오려는 걸 억지로 참았다.

─애비한테서는 연락은 오냐?

잠시 후 할아버지는 담배를 한대 피워물며 대수롭지 않은 어조로 물었다. 그동안 한번도 묻지 않던 질문이었다. 아버지는 파산한후 할아버지와 사이가 틀어져 일년 넘게 집을 찾아온 적이 없었다.

─가끔 가게로 전화하세요.

─그래……

할아버지는 고개만 끄덕일 뿐 더는 묻지 않았다. 그는 아버지 얘기를 꺼낼 때마다 역정을 냈지만 그때는 그저 담담한 표정이었다.

─뭐, 누군들 안 그랬겠느냐마는 니 애비도 고생 많이 했다. 사업한답시고 집까지 다 팔아먹고 알거지가 되었지만 어쩌겠니, 제 푼수가 그것밖에 안되는걸. 그게 다 살아보려고 애쓰다 그런 거니 달리 원망할 것도 없다.

나는 말없이 고개를 끄덕였다. 맞은편 산자락엔 잎이 돋기 시작한 참나무 사이로 커다란 벚나무 한그루가 연지처럼 고운 빛깔을 뿜내고 있었다.

*

할아버지와 나는 계곡을 나와 벚꽃이 깔린 아스팔트 길을 따라

내려갔다. 가파르지 않은 내리막이어서 할아버지의 걸음은 한결 편안해 보였다.

—내가 사실 너한테 거짓말을 한 게 하나 있다.

할아버지가 걸음을 늦추며 말을 꺼냈다. 돌아보자 그는 쑥스러운 듯 망설이다 입을 열었다.

—전에 대통령 뽑는 거 말이다…… 내가 실은 김대중이를 찍었느니라.

—그러셨어요?

—그래, 어차피 떨어졌으니 하나 마나 한 얘기지만, 죽기 전에 마지막으로 하는 선건데 까짓것 한번 찍어주지 뭐, 하는 마음으루다가 찍었다.

평소에 입만 열만 김대중 욕을 하던 할아버지에게 죽기 전에 무슨 심경의 변화가 일어난 걸까? 나는 뜻밖의 사실에 놀라 할아버지를 쳐다보았다.

—그이도 고생 많이 했나보더라. 죽을 고비도 여러번 넘기고…… 하기사 누가 되든 세상이 쉽게 바뀌기야 하겠느냐만, 그래도 뭐 좀 다른 게 있을까, 하는 마음도 있고……

할아버지는 이런저런 말을 늘어놓다 자신의 변명이 궁색하다고 느꼈는지 목소리가 높아졌다.

—그렇다고 뭐, 내가 김대중이를 좋아하는 건 절대루 아니다. 그냥 미운 놈 떡 하나 더 준다는 마음으루다, 뭐, 어차피 안된 거니까 입에 담을 일도 아니지만서도……

할아버지는 자신이 찍은 후보가 떨어진 게 서운했는지 '어차피 안된 일'이라는 말을 여러번 반복했다. 그것은 그저 죽음을 앞둔 노인의 변덕이었을까? 아니면 그도 언젠가 모래사장을 가득 메운 군중 속에서 다른 세상을 꿈꿔본 적이 있었던 걸까? 나는 끝내 그의 속내를 알 수 없었다. 할아버지는 길가의 벤치를 발견하자 반가운 듯 다가갔다.

—아이고, 잠깐 쉬었다 가자.

우리는 벤치에 앉아 길가에 핀 벚꽃을 하염없이 바라보고 있었다. 꽃은 아름다웠고 아름다워서 슬프다는 게 무슨 말인지 알 것 같았다. 그것은 가난한 우리가 누리는 가장 저렴한 호사였지만 한창 만개한 벚꽃은 너무 화려해 나에겐 꿈속인 듯 도무지 현실감이 없어 보였다. 우리에게 현실은 옹색한 단칸 셋방이었고, 밤마다 들리는 기침소리였으며 주책없는 중년 부부가 밤마다 살찐 엉덩이를 꿈틀거리며 내는 난잡한 교성이었고, 치정과 불륜, 어깨를 아프게 찍어누르는 철근이었다. 그때 내가 왜 그 말을 꺼냈는진 지금도 알 수 없다. 나는 차마 할아버지를 돌아보지 못하고 혼잣말처럼 중얼거렸다.

—저도 할아버지한테 거짓말을 한 게 있어요.

그러자 주머니에서 담배를 꺼내던 할아버지가 나를 힐끗 돌아보았다.

—작년에 병원에서 보호자 오라고 해서 한번 간 적 있었잖아요.

―그래, 그랬지.

―그때 제가 의사 만나고 와서 별일 아니라고 말씀드렸잖아요.

―그런데?

나는 잠깐 망설였다 단숨에 말을 내뱉었다.

―할아버지 폐암이래요.

―그게…… 무슨 말이냐?

할아버지의 눈이 동그래졌다.

―그때 의사가 그랬어요, 폐암 사기라고. 그래서 오래 못 사신다고……

내가 진료실 문을 열고 들어갔을 때 의사는 나를 위아래로 훑어보더니 잠깐 짜증스런 표정을 지어 보였다.

―어른 안 계셔?

대뜸 반말이었다. 나는 울컥, 부아가 나서 고개를 빳빳이 들고 대답했다.

―제가 어른인데요. 군대도 다녀왔는데……

―아, 그래요? 어떻게…… 손자 되신다고?

그는 괜한 시비에 말리고 싶지 않다는 듯 재빨리 바리케이드를 쳤다. 그는 이미 대책 없이 분노만 남은 가난뱅이들에게 시달릴 만큼 시달렸을 터였다. 그는 할아버지의 병세에 대해 가능한 한 사무적으로 딱딱하게 설명해주었다. 다만 마지막으로 인심을 쓰듯 병세와 상관없는 말을 한마디 던져주었다.

―뭐, 맛있는 거 많이 잡숫게 해드리고, 가능한 한 마음 편안하게 모시다 보내드리세요.

그 말이 환자를 대하는 매뉴얼에 나와 있는 대사인지, 아니면 그저 인간적으로 내보인 한가닥 호의인지는 알 수 없었다. 나는 슬프지도 않고 놀랍지도 않았다. 그래서 조용히 인사를 하고 나왔지만 집으로 돌아오는 내내 왠지 억울한 기분이 들었다. 그 억울한 기분은 이후 취직을 해서 직장을 다니는 내내, 봄이 가고 여름이 지나 일년이 다 가도록 가시질 않았다.

―그래, 얼마나 더 산다고 그러디?

할아버지는 남의 얘기를 하듯 담담하게 물었다.

―길어야 여섯달이래요.

―여섯달?

―네.

할아버지는 잠시 고개를 끄덕이다 뭔가 생각난 듯 물었다.

―잠깐, 너 그때 병원에 다녀온 게 작년 봄이니까 벌써 일년 전 아니냐?

―네, 그렇죠.

이때였다. 갑자기 할아버지가 허허, 웃음을 터뜨렸다. 유쾌한 너털웃음이었다. 내가 의아한 얼굴로 쳐다보았지만 할아버지는 웃음을 멈추지 않았다. 아니, 웃음소리가 점점 더 커졌다. 나중엔 아예 입을 크게 벌리고 젊은이처럼 깔깔대더니 종국엔 쿨럭쿨럭, 한바탕 기침도 쏟아냈다. 당장 숨이 넘어갈 듯한 밭은기침이라 나는 할아버지의 등을 두드리며 괜찮으시냐고 물었다. 그는 괜찮다는 듯 손을 내저었지만 웃음과 기침이 뒤섞인 기묘한 소리는 한동안 계속되었다. 그러다 겨우 소리가 멈추자 할아버지는 웃음기가 채 가시지 않은 얼굴로 버럭 소리를 질렀다.

—예끼, 인석아! 육개월이면 난 작년에 벌써 죽었어야 하는데 이렇게 살아서 꽃구경까지 나왔으니 다 맹짱 거짓말 아니냐.

—그, 그러게요. 하여간 그때 의사가 그랬어요, 육개월이라고.

할아버지는 지팡이를 소리 나게 바닥에 딱 짚으며 단정을 짓듯 말했다.

—하여간 그 도둑놈의 새끼들 말은 믿을 거 하나 없다.

그러다 그는 문득 생각이 난 듯 고개를 돌리며 물었다.

—그런데 왜 그랬니?

—뭐가요?

—왜 그땐 얘기를 안하고 인제 와서……

—어차피 얘기해봤자 소용이 없잖아요.

나는 울컥, 눈물이 날 것 같아 입을 꾹 다물었지만 그것은 사실이었다. 파산한 가족이 할아버지에게 해줄 수 있는 건 아무것도 없었다. 병원에 다녀온 뒤, 나는 주변 사람들 모두에게 거짓말을 했다. 다 괜찮다고 했다. 그래서 그것은 나만 알고 있는 평생의 비밀이 되어버렸다. 할아버지는 무심코 담배를 다시 꺼내물며 혼잣말처럼 중얼거렸다.

—그러니까 난 이미 육개월 전에 죽었어야 할 몸이구먼. 진즉에 죽었어야 하는데 아직까지 살아 있는 게야.

할아버지는 담배에 불을 붙일 생각도 않고 중얼거리다 문득 생각난 듯 물었다.

—근데, 너 배 안 고프냐?

—배요?

—몸뚱이를 놀려서 그런지 난 배가 고프구나. 아까 올라오는데 보니까 저 아래서 녹두전을 팔던데, 냄새를 맡아보니 돼지비계를 넣어서 제대로 부치는 것 같더구나.

그때 나는 맛있는 걸 많이 잡숫게 해드리라는 일년 전 의사의 말이 떠올랐다. 그래서 재빨리 할아버지를 부축하며 말했다.

—그럼 빨리 내려가서 빈대떡 먹어요. 저도 이제 배가 고프네요.

서로에게 처음으로 거짓말을 고백한 두 남자는 터덜터덜 아스팔트 길을 따라내려갔다. 한참 말없이 걸어가던 할아버지는 나를 돌아보고 웃으며 말했다.

—배가 고픈 걸 보니 내가 아직 죽은 건 아닌 게로구나.

백발이 하얗게 날리는 할아버지의 주름 깊은 얼굴 뒤로 꽃비가 우수수 쏟아져내렸다.

굼벵이도 구르는 재주가 있다더니

젊은 시절, 이 동네 저 동네 기웃대다 불혹이 넘어서야 겨우 문단 말석에 자리를 얻어 글을 써서 먹고산 지 어느덧 십년이 넘었습니다. 뒤늦게라도 사람구실을 하는구나 싶어 늘 고맙고 다행한 일이라고 생각하는 한편, 소설가란 저에게 여전히 낯설고 어색한 이름입니다. 왜냐하면 이전엔 작가가 된 모습을 한번도 상상해본 적이 없기 때문입니다. 그래서 때론 진짜 작가가 아니라 스스로도 알지 못하는 어떤 작가를 흉내 내면서 사는 게 아닐까 하는 이상한 기분이 들 때도 있습니다.

하긴, 소설가란 좀 이상한 직업이기도 하지요. 어느 누가 자신에게 벌어지지도 않은 일에 대해 생각할까요? 어느 누가 현실에서 일어나지도 않은 일을 가지고 그토록 집요하게 궁리하고 고민할까요? 그리고 또 왜 누군가에겐 그런 허구를 만들어내는 재주가 있고, 누군가에겐 그런 재주가 없는 걸까요? 그것은 과연 숭고한 예술적 재능일까요, 아니면 그저 한낱 요상한 천기(賤技)에 지나지 않는 걸까요? 이에 대한 답을 저는 알지 못합니다. 스스로에게 그런 질문을 해본 적이 없기 때문입니다. 다만 그런 재주로 밥벌이를 하며 살아간다는 것에 감사할 따름입니다.

어느 인터뷰에서 한 말이 생각나는군요. '세상을 떠났을 때 자신의 묘비명에 어떤 문구가 새겨지길 원하느냐'는 질문이었는데 저의 대답은 다음과 같았습니다.

굼벵이도 구르는 재주가 있다더니……

띄엄띄엄, 몇년에 걸쳐 발표한 단편들을 모아 오랜만에 소설집을 묶었습니다. 정리하다보니 들쭉날쭉, 여전히 난경이지만 이 또한 작가로서 살아온 지난 세월의 정직한 흔적인 듯하여 기꺼운 마음으로 선을 보입니다. 언제나 그렇듯 독자 여러분의 혜량을 바라며 감사의 인사를 전합니다.

고마워요, 여러분.

2014년 여름
천명관

| 수록작품 발표지면 |

봄, 사자(死者)의 서(書) 『창작과비평』 2010년 가을호

동백꽃 『문학과사회』 2013년 겨울호

왕들의 무덤 『문예중앙』 2010년 겨울호

파충류의 밤 『문학동네』 2013년 가을호

칠면조와 달리는 육체노동자 『자음과모음』 2013년 여름호

전원교향곡 『문학사상』 2011년 11월호

핑크 『문학사상』 2014년 6월호

우이동의 봄 『실천문학』 2012년 여름호

칠면조와 달리는 육체노동자

초판 1쇄 발행 • 2014년 8월 8일
초판 11쇄 발행 • 2023년 8월 2일

지은이/천명관
펴낸이/강일우
책임편집/김선영
펴낸곳/(주)창비
등록/1986년 8월 5일 제85호
주소/10881 경기도 파주시 회동길 184
전화/031-955-3333
팩시밀리/영업 031-955-3399 · 편집 031-955-3400
홈페이지/www.changbi.com
전자우편/lit@changbi.com

ⓒ 천명관 2014
ISBN 978-89-364-3732-9 03810